Sed

Amélie Nothomb

Sed

Traducción de Sergi Pàmies

EDITORIAL ANAGRAMA
BARCELONA

Título de la edición original:
Soif
© Éditions Albin Michel, 2019
París, 2019

Ilustración: Production Iconoclast Image. © Jean Baptiste Mondino

Primera edición: febrero 2022
Segunda edición (primera en México): febrero 2022
Tercera edición: febrero 2022
Cuarta edición: abril 2022
Quinta edición (segunda en México): junio 2022
Sexta edición: junio 2022
Séptima edición: noviembre 2022

Diseño de la colección: Julio Vivas y Estudio A

© De la traducción, Sergi Pàmies, 2022

© EDITORIAL ANAGRAMA, S. A., 2022
Pau Claris, 172
08037 Barcelona

ISBN: 978-84-339-8110-3
Depósito Legal: B. 1140-2022

Printed in Spain

Romanyà Valls, S. A., Sant Joan Baptista, 35
08789 La Torre de Claramunt

Siempre supe que me condenarían a muerte. La ventaja de esta certeza es que pude centrar mi atención en lo que la merece: los detalles.

Creía que mi juicio sería una parodia de justicia. Y efectivamente lo fue, aunque no del modo que había creído. En lugar del trámite apresurado y formal que había imaginado, sacaron la artillería pesada. El fiscal no dejó nada al azar.

Uno tras otro, los testigos de cargo fueron desfilando. No di crédito cuando vi llegar a los recién casados de Caná, los beneficiarios de mi primer milagro.

–Este hombre tiene el poder de transformar el agua en vino –declaró, muy serio, uno de los cónyuges–. Sin embargo, esperó al final de la boda para ejercer su don. Se complacía con nuestra angustia y humillación cuando podría habernos ahorrado ambas perfectamente. Que el mejor vino se sirviera después del mediocre fue culpa suya. Fuimos el hazmerreír de todo el pueblo.

Miré con calma a los ojos de mi acusador. Me sostuvo la mirada, convencido de tener la razón.

El funcionario real también hizo acto de presencia para describir la mala fe con la que había sanado a su hijo.

—¿Cómo está ahora su hijo? —no pudo evitar preguntarle mi abogado, el menos eficaz de los abogados de oficio que uno pueda imaginar.

—Muy bien. ¡Menudo mérito! Con su magia, le basta una palabra.

Uno a uno, los treinta y siete beneficiarios de mis milagros fueron sacando sus respectivos trapos sucios. El que más gracia me hizo fue el exposeso de Cafarnaúm:

—¡Desde el exorcismo mi vida es de lo más banal!

El antiguo ciego se quejó de lo feo que era el mundo; el antiguo leproso declaró que nadie le daba ya limosna; el sindicato de pescadores de Tiberíades me acusó de haber favorecido a una cuadrilla frente a las demás; Lázaro contó hasta qué punto le resultaba odioso tener que vivir con el olor a cadáver impregnado en la piel.

Obviamente, no fue necesario sobornarles, ni siquiera exhortarles. Cada uno acudió a declarar en mi contra por su propia voluntad. Más de uno manifestó hasta qué punto le aliviaba poder desahogarse por fin en presencia del culpable.

En presencia del culpable.

Mantuve una falsa calma. Tuve que esforzarme al máximo para escuchar todas aquellas letanías sin reaccionar. En cada caso miré a los ojos al testigo sin más expresión que una sorprendida afabilidad. En cada caso me sostuvieron la mirada, me desafiaron, me miraron con desprecio.

La madre de un niño al que había curado llegó a acusarme de haberle arruinado la vida.

–Cuando mi pequeño estaba enfermo, se portaba bien. Ahora, en cambio, no deja de retorcerse, gritar, llorar, ya no tengo ni un minuto de tranquilidad, ya no puedo dormir por la noche.

–¿Acaso no fue usted quien le pidió a mi cliente que curara a su hijo? –preguntó el abogado de oficio.

–Curarlo, sí, pero no volverlo tan endemoniado como era antes de ponerse enfermo.

–Quizá debería haber sido más precisa en este punto.

–¿Es omnisciente sí o no?

Buena pregunta. Sé siempre Τι y nunca Πώς. Conozco los complementos directos y nunca los complementos circunstanciales. Así que no, no soy omnisciente: voy descubriendo los adverbios sobre la marcha y me siguen asombrando. Tienen razón los que dicen que el diablo está en los detalles.

En realidad, no solo no fue necesario convencerlos para que testificaran, sino que lo estaban deseando ardientemente. La complacencia con que cada uno declaró en mi contra me llenó de asombro. Más aún por cuanto no era en absoluto necesario. Todos sabían que sería condenado a muerte.

Esta profecía no tiene nada de misteriosa. Ellos conocían mis poderes y podían atestiguar que no los había utilizado para salvarme. Así pues, no albergaban ninguna duda respecto al desenlace del caso.

¿Por qué se empeñaron entonces en infligirme tan inútil infamia? El enigma del mal no es nada comparado con el de la mediocridad. Durante su testimonio, pude sentir hasta qué punto estaban disfrutando. Disfrutaban comportándose como miserables en mi presencia. Su única decepción fue que mi sufrimiento no se notara más. No porque quisiera negarles ese placer, sino porque mi sorpresa superaba con creces mi indignación.

Soy un hombre, nada humano me es ajeno. Y sin embargo no entiendo qué pudo apoderarse

de ellos en el momento de soltar semejantes abo-
minaciones. Y considero mi incomprensión como
un fracaso, una carencia.

Pilatos había recibido instrucciones respecto
a mí y pude percibir su contrariedad, no porque
le resultara simpático en absoluto, sino porque los
testigos irritaban lo que quedaba en él de hombre racional. Le confundió mi estupefacción, qui-
so darme la oportunidad de protestar contra aquel
torrente de estupideces:

–Acusado, ¿tienes algo que decir? –me preguntó con la expresión de un ser inteligente dirigiéndose a un semejante.

–No –respondí.

Asintió con la cabeza, con expresión de estar
pensando que era inútil echarle un cable a quien
muestra tan poco interés por su propia suerte.

En realidad me mantuve callado porque tenía
demasiadas cosas que decir. Y si hubiera hablado, no habría sido capaz de disimular mi desprecio. Me atormenta sentirlo así. Llevo el suficiente
tiempo siendo hombre para saber que ciertos sentimientos no deben reprimirse. Lo importante es
dejar que pasen sin intentar llevarles la contraria:
así no queda rastro de ellos.

El desprecio es un diablo durmiente. Un diablo que no ejerce no tarda en marchitarse. Cuando estás ante un tribunal, las palabras cobran el

valor de actos. No manifestar mi desprecio equivalía a no dejarle actuar.

Pilatos consultó a sus consejeros:

—La prueba de que estos testimonios son falsos es que nuestro hombre no está ejerciendo ninguna magia para librarse de ellos.

—Tampoco es ese el motivo por el cual exigimos que sea condenado.

—Lo sé. Solo quiero condenarlo. ¡Pero me habría gustado no tener la impresión de hacerlo por patrañas!

—En Roma el pueblo necesita pan y circo. Aquí necesita pan y milagros.

—Bueno. Si se trata de política, no me parece mal.

Pilatos se levantó y declaró:

—Acusado, serás crucificado.

Me gustó su economía de lenguaje. Lo bueno del latín es que nunca comete pleonasmos. Habría odiado que dijera: «Serás crucificado hasta la muerte.» Una crucifixión no tiene otro desenlace posible.

Eso no impide que me impactara escucharlo de su boca. Miré a los testigos y percibí su tardío malestar. Sin embargo, todos sabían que sería condenado y habían llevado su celo hasta el extremo de contribuir activamente a aquella sentencia. Ahora fingían considerarla efectiva y sentirse impactados por lo bárbaro del procedimiento. Algunos intentaban cruzar su mirada con la mía para distanciarse de lo que iba a ocurrir. Miré hacia otro lado.

No sabía que moriría así. No era una noticia menor. Primero pensé en el dolor. Mi mente lo esquivó: no se puede asimilar un dolor semejante.

La crucifixión se reserva a los crímenes más vergonzosos. No me esperaba semejante humillación. Así que eso era lo que le habían pedido a Pilatos. Inútil perder el tiempo en conjeturas: Pilatos no se había opuesto. Tenía que condenarme a muerte, pero podría haber elegido la decapitación, por ejemplo. ¿En qué momento se le acabó la paciencia conmigo? Sin duda al no negar los milagros.

No podía mentir: aquellos milagros eran cosa mía, en efecto. Y, contrariamente a lo que afirmaban los testigos, me habían costado unos esfuerzos inauditos. Nadie me enseñó el arte de llevarlos a cabo.

Entonces tuve un pensamiento divertido: por lo menos, el suplicio que me esperaba no iba a exigirme ningún milagro. Bastaba con dejarme llevar.

–¿Lo crucificamos hoy? –preguntó alguien.

A Pilatos le asaltó la duda y me miró. Le debió de parecer que algo fallaba porque respondió:

—No. Mañana.

Una vez a solas en mi celda, entendí qué deseaba que sintiera: miedo.

Tenía razón. Hasta aquella noche no sabía realmente lo que era. En el Jardín de los Olivos, la víspera de mi detención, fue la pena, el sentimiento de abandono, lo que me llevó a verter aquellas lágrimas.

Ahora lo que descubría era el miedo. No el miedo a morir, que es la más compartida de las abstracciones, sino el miedo a la crucifixión: un miedo muy concreto.

Tengo la firme convicción de ser la máxima encarnación de los humanos. Cuando me acuesto para dormir, ese simple abandono me produce un placer tan intenso que tengo que esforzarme para no gemir. Si no me contuviera, comer el más humilde de los potajes, beber agua aunque no esté fresca me arrancaría suspiros de placer. He llegado al extremo de llorar de placer respirando el simple aire de la mañana.

La contrapartida también es evidente: el más benigno dolor de muelas me atormenta de un modo anormal. Recuerdo haber maldecido mi suerte por culpa de una espina. Disimulo tanto esta naturaleza blandengue como la precedente: nada de eso concuerda con lo que se supone que represento. Un malentendido más.

En treinta y tres años de vida he tenido ocasión de comprobarlo: el mayor logro de mi padre es la encarnación. Que un poder desencarnado tuviera la idea de inventar el cuerpo sigue siendo una gigantesca genialidad. ¿Cómo no iba a verse superado el creador por esta creación, cuyo impacto no podía prever?

Me gustaría decir que ese fue el motivo por el que me engendró, pero no es cierto.

Habría sido un buen motivo.

Los humanos se quejan, con razón, de las imperfecciones del cuerpo. La explicación es evidente: ¿qué valor tendría una casa proyectada por un arquitecto sin hogar? Uno solo destaca en aquello que practica cotidianamente. Mi padre nunca tuvo cuerpo. Para ser un ignorante, creo que se las apañó fabulosamente bien.

Mi miedo de esa noche era un vértigo físico ante la idea de lo que iba a tener que soportar.

16

De los torturados se espera que estén a la altura. Cuando no gritan de dolor, se habla de su coraje. Sospecho que no se trata de eso: ya veré de qué.

Soportaré los clavos en las manos y los pies. Menuda estupidez: seguramente habrá sufrimientos mayores. Pero ese, por lo menos, podía imaginarlo.

El carcelero me dijo:

—Trata de dormir. Mañana necesitarás estar despejado.

Al ver mi expresión irónica, añadió:

—No te rías. Para morir conviene encontrarse bien. Luego no digas que no te avisé.

Es exacto. Además, era mi última oportunidad de dormir, a mí que tanto me gusta. Lo intenté, me tumbé en el suelo, dejé que mi cuerpo se abandonara al reposo: me rechazó. Cada vez que cerraba los ojos, en lugar de sueño encontraba imágenes espeluznantes.

Así que hice igual que todo el mundo: para luchar contra los pensamientos insoportables, eché mano de otros pensamientos.

Reviví el primer milagro, mi preferido. Aliviado, constaté que el terrible testimonio de los novios no había empañado mi recuerdo.

Y eso que la cosa no había empezado muy bien que digamos. Acudir a una boda en compañía de tu madre es una experiencia inquietante.

Por más que mi madre sea un alma pura, no deja de ser una mujer normal. Me miraba de reojo, con cara de estar pensando: y tú, hijo mío, ¿a qué esperas para tener una esposa? Yo fingía no darme cuenta.

Tengo que confesar que las bodas no me gustan demasiado. Este sentimiento merece una explicación. Es un tipo de sacramento que me produce una angustia que entiendo mucho menos por cuanto no tiene nada que ver conmigo. No pienso casarme y no siento ningún remordimiento por ello.

Aquella boda era de lo más corriente: una fiesta en la que la gente expresaba más alegría de la que sentía. Sabía que esperaban algo más de mí. ¿Qué? Lo ignoraba.

Banquete de calidad: pan y pescado asado, vino. El vino no era nada del otro mundo, pero el pan, recién salido del horno, crujía al morderlo y el pescado, en su punto de sal, me llenaba de placer. Comía concentrado, con el fin de no perderme ni un solo detalle de aquellos sabores y sus consistencias. A mi madre parecía molestarle que no hablara con los comensales. Dicho sea de paso, me parezco a ella: no es habladora. Soy incapaz de hablar por hablar, igual que ella.

Sentía por los casados la amable indiferencia que se siente por los amigos de tus padres. Debía de ser la tercera vez que los veía y, como siempre, exageraban: «A Jesús le conocimos cuando era pequeño» y «Con barba estás distinto». El exceso de familiaridad de los humanos me incomoda un poco. Habría preferido no haberlos visto, a esos nuevos esposos. Nuestras relaciones habrían sido más auténticas.

Echaba de menos a José. Ese buen hombre, que tampoco hablaba mucho más que mi madre y que yo, tenía el talento de no ser lo que aparentaba: escuchaba a los demás con tanta intensidad que casi podía oírse su respuesta. No he heredado esa virtud. Cuando la gente habla por hablar, ni siquiera finjo estar escuchando.

–¿En qué estás pensando? –pregunta mi madre.

–En José.

–¿Por qué lo llamas así?

–Ya lo sabes.

Nunca he estado seguro de que lo supiera, pero si tienes que explicarle este tipo de cosas a tu madre, no acabas bien.

Se produjo una especie de tumulto.

–Se han quedado sin vino –dijo mi madre.

No veía cuál era el problema. Que aquel vino peleón se había acabado, ¡vaya cosa! El agua resultaba más refrescante y yo seguía comiendo a conciencia. Tardé un poco en comprender que para aquella familia la falta de vino constituía un deshonor irreparable.

—Se han quedado sin vino —repitió mi madre, dirigiéndose a mí.

Se abrió un abismo bajo mis pies. ¡Menuda mujer, mi madre! ¡Quiere que sea normal y que al mismo tiempo realice prodigios!

¡Qué solo me sentí en ese momento! Ya no podía escaparme. Fue entonces cuando me asaltó una intuición fulminante. Dije:

—Traedme unas jarras de agua.

El propietario del lugar ordenó que me obedecieran, y se impuso un gran silencio. Si hubiera pensado, habría sido una ruina. Lo que hacía falta era justo lo contrario a una reflexión. Me sentí abrumado. Fui consciente de que mi poder se localizaba bajo la piel y que podía acceder a él aboliendo el pensamiento. Le cedí la palabra a lo que, a partir de entonces, denominé la corteza y después ya no sé exactamente qué pasó. Durante un tiempo insalvable, dejé de existir.

Cuando volví a ser yo mismo, los comensales estaban eufóricos:

—¡Es el mejor vino que hemos bebido nunca en este país!

Todos probaban el nuevo vino con la mirada

20

que se espera en las ceremonias religiosas. Reprimí unas ganas colosales de reír. Así que mi padre había considerado adecuado que descubriera aquel poder en un momento en que faltaba el vino. ¡Menudo humor! ¿Y cómo desaprobarlo? ¿Acaso existe algo más importante que el vino? Llevaba el tiempo suficiente siendo hombre para saber que la alegría no mana de una fuente y que el mejor de los vinos suele ser el único medio de encontrarla.

En la boda la alegría fue a más. Los novios por fin parecían felices. La danza se apoderó de ellos, nadie pudo librarse del espíritu del vino.

–¡No hay que servir el buen vino después del mediocre! –dijeron algunos a los anfitriones.

Doy fe de que no lo dijeron de un modo crítico. Además, se trata de una opinión muy discutible. Yo opino lo contrario. Mejor empezar con un vino cualquiera con el fin de alegrar los corazones. Y cuando el hombre ya se siente tan alegre como debe sentirse, entonces es capaz de darle la bienvenida al gran vino y de concederle la atención suprema que merece.

Es mi milagro preferido. La elección no resulta difícil, es el único milagro que me gustó. Acababa de descubrir la corteza y estaba deslumbrado. La primera vez que uno hace algo que le supera hasta ese extremo, enseguida olvida lo desmesurado de su esfuerzo, solo retiene el asombro del resultado.

Además, se trataba de vino, de fiesta. Posteriormente, todo se estropeó y pasó a ser una cuestión de sufrimiento, enfermedad, muerte o de atrapar a unos pobres peces que habría preferido mantener con vida y dejar en libertad. Sobre todo, recurrir con conocimiento de causa al poder de la corteza resultó mil veces más duro que tener la revelación.

Lo peor son las expectativas de la gente. En Caná, aparte de mi madre, nadie me exigía nada. Luego, allí donde fuera, todo estaba preparado, ponían en mi camino a un enfermo o a un leproso. Hacer un milagro ya no consistía en ofrecer un don sino en cumplir con un deber.

¡La de veces que leí en la mirada de aquellos que me tendían un muñón o un moribundo, no ya la imploración, sino la amenaza! Si se hubieran atrevido a formular su pensamiento, habría sido: «Te has hecho famoso con estas estupideces, ahora más te vale hacerlo bien, si no ¡te vas a enterar!» En ocasiones no conseguí hacer el milagro solicitado, porque no tenía fuerzas para anularme y liberar la potencia de la corteza: ¡cuánto odio me costó eso!

Con posterioridad, reflexioné al respecto y desaprobé todos aquellos prodigios. Falsearon lo que tenía que ser mi aportación, el amor ya no era gratuito, tenían que servir para algo. Eso por no hablar de lo que descubrí aquella mañana, en el transcurso del juicio: ninguno de los beneficiados por los milagros siente por mí la más mínima gratitud, al contrario, me reprochan amargamente mis milagros, incluso los novios de Caná.

No quiero recordar eso. Solo quiero recordar la alegría de Caná, la inocencia de nuestro alborozo al beber aquel vino venido de ninguna parte, la pureza de aquella primera embriaguez. Esa que solo vale si es compartida. La noche de Caná todos estábamos ebrios, y del mejor modo posible. Sí, mi madre estaba achispada, y le sentaba bien estarlo. Desde la muerte de José, raramente la había visto feliz. Mi madre bailaba, yo bailé con ella, con esa buena mujer a la que tanto quiero. Mi embriaguez era la expresión de que la quería, y yo sentía su respuesta que, en cambio, ella se callaba, hijo mío, sé que tienes algo especial, pero en este momento solo me siento orgullosa de ti y feliz de beber este vino que, gracias al poder de tu magia, nos has proporcionado.

Aquella noche yo también estaba ebrio, y era una embriaguez santa. Antes de la encarnación, carecía de peso. La paradoja es que, para conocer la levedad, antes es necesario haber pesado. La embriaguez te libera de la pesadez y hace que te sientas a punto de despegar. El espíritu no vuela, se desplaza sin obstáculo, que es diferente. Los pájaros poseen un cuerpo, su vuelo es una forma de conquista. Nunca lo repetiré lo suficiente: tener cuerpo es lo mejor que te puede pasar.

Dudo de que mañana opine lo contrario, cuando mi cuerpo sea objeto de suplicio. ¿Significa eso que puedo renegar de todos los descubrimientos que me ha proporcionado? Las mayores alegrías de mi vida las he conocido a través del cuerpo. ¿Y acaso hace falta decir que ni mi alma ni mi mente se quedaban atrás?

Los milagros también los realicé gracias al cuerpo. Lo que yo llamo corteza es algo físico. Acceder a ello implica que el espíritu quede momentáneamente aniquilado. Nunca he sido un hombre distinto al que soy ahora, pero albergo la íntima convicción de que cada hombre está en posesión de un poder. La razón por la cual se recurre tan poco a él radica en lo terriblemente difícil que resulta su modo de empleo. Se necesita coraje y fuerza para sustraerte de la mente, y no es ninguna metáfora. Algunos humanos lo han conseguido antes que yo, algunos lo conseguirán después de mí.

Mi conocimiento del tiempo no es demasiado distinto del conocimiento que tengo del destino: conozco Τι, ignoro Πώς. Los nombres pertenecen a Πώς, así pues desconozco el nombre de un escritor futuro que dirá: «La piel es lo más profundo que hay en el hombre.» Rozará la revelación, pero ni siquiera quienes lo glorifiquen entenderán lo precisa que es esa afirmación.

No se trata exactamente de la piel, es justo debajo. Ahí es donde reside la omnipotencia.

Esta noche no habrá milagros. Ni hablar de no enfrentarme a lo que me espera mañana. Y no será por falta de ganas.

Una sola vez utilicé mal el poder de la corteza. Tenía hambre, los frutos de la higuera aún no habían madurado. Yo, que tanto deseaba morder un higo calentado por el sol, jugoso y dulce, maldije el árbol y lo condené a no dar frutos nunca más. Aduje una parábola, y no precisamente de las más convincentes.

¿Cómo pude cometer semejante injusticia? No era temporada de higos. Se trata de mi único milagro destructor. En realidad, ese día fui un mortal común más. Al ver frustrada mi gula, dejé que mi deseo se transformara en cólera. Sin embargo, la gula es una gran cosa, habría bastado con mantenerla intacta, repetirme que podría saciarla al cabo de un mes o dos.

27

No estoy libre de defectos. Dentro de mí hay una cólera que siempre está esperando salir. Ahí está el episodio de los mercaderes del Templo: por lo menos mi causa era justa. De ahí a decir «no he venido a traer paz sino espada» hay un trecho.

En vísperas de mi muerte, me doy cuenta de que no me avergüenzo de nada salvo de la higuera. La tomé de verdad con un inocente. No voy a lamentarme con un arrepentimiento estéril, simplemente me siento contrariado por no poder ir a recogerme bajo ese árbol, abrazarlo y pedirle perdón. Bastaría con que me perdonara para que en ese mismo instante su maldición acabara, podría volver a dar frutos y sentirse orgulloso del delicioso peso sobre las ramas.

Recuerdo ese vergel, que crucé con los discípulos. Los manzanos se quebraban a causa de los frutos, nos habíamos saciado con aquellas manzanas, las mejores que jamás habíamos probado, crujientes, aromáticas, jugosas. Paramos cuando ya no podíamos más, con la tripa a punto de explotar, y nos tumbamos en el suelo riéndonos de nuestra propia gula.

–¡Todas esas manzanas que no nos podremos comer, que nadie se comerá! –dijo Juan–. ¡Qué pena!

–¿Quién tiene pena? –pregunté.

—Los árboles.

—¿Tú crees? Los manzanos son felices de llevar sus manzanas, aunque nadie se las coma.

—¿Qué sabrás tú?

—Conviértete en manzano.

Juan había guardado silencio y luego dijo:

—Tienes razón.

—La pena la sentimos nosotros, ante la idea de que no nos las podremos comer.

Carcajada general.

Había sido mejor hombre con el manzano que con la higuera. ¿Por qué? Porque había saciado mi gula. Uno es mejor cuando ha satisfecho su placer, es así de simple.

Solo en mi celda, tengo la impresión de ser la higuera a la que maldije. Me entristece que sea así, por eso hago como todo el mundo: intento pensar en otra cosa. El problema de este método es que no funciona demasiado bien. Manzano, higuera..., me pregunté de qué árbol se había colgado Judas. Me dijeron que la rama se había roto. No debía de ser un árbol demasiado sólido, ya que Judas no pesaba mucho.

Siempre supe que Judas me traicionaría. Pero debido a la naturaleza de mi presciencia, ignoraba de qué modo lo haría.

Mi primer encuentro con él fue particularmente intenso. Estaba en un pueblucho perdido en el que no entendía a nadie. A medida que hablaba notaba que la hostilidad iba en aumento, hasta el extremo de verme a mí mismo a través de los ojos de los demás y compartir su consternación ante aquel payaso venido para predicar el amor.

Entre la multitud estaba aquel chico delgado y oscuro que rezumaba malestar por todos los poros de su piel. Me interpeló en los siguientes términos:

—Tú que dices que hay que amar al prójimo, ¿acaso me amas?

—Por supuesto.

—No tiene ningún sentido. Nadie me ama. ¿Por qué ibas a amarme tú?

—No hace falta un motivo para amar.

—Ya. Menuda tontería.

La gente se echó a reír en connivencia. Él pareció conmovido: saltaba a la vista que era la primera vez que suscitaba la aprobación en su aldea.

Fue entonces cuando tuve la revelación de lo que ocurriría: aquel hombre me traicionaría, y mi corazón se encogió.

La asamblea se dispersó. Solo él permaneció frente a mí.

—¿Quieres unirte a nosotros? —le pregunté.

–¿Nosotros? ¿Qué nosotros?

Le señalé los discípulos sentados sobre las piedras, algo retirados.

–Son mis amigos –dije.

–¿Y yo quién soy?

–Tú eres mi amigo.

–¿Cómo lo sabes?

Comprendí que responder no serviría de nada. Había en él algo que no iba bien.

Supongo que todos tenemos un amigo así: un amigo que los demás no comprenden que sea amigo tuyo. Los discípulos lo aceptaron enseguida. Para Judas, en cambio, la cosa no estaba tan clara.

Hizo todo lo posible para que así fuera. Cada vez que se sentía apreciado, decía lo necesario para ser rechazado:

–¡Dejadme en paz, yo no tengo nada que ver con vosotros!

Luego seguía una interminable palabrería en la que daba rienda suelta a su mala fe.

–¿En qué eres distinto a nosotros, Judas?

–Yo no he sido un niño mimado.

–Igual que la mayoría de nosotros.

–Se nota, no soy como vosotros.

–¿Qué significa ser como nosotros? Simón y Juan, por ejemplo, no tienen nada en común.

–Sí: se quedan embelesados ante Jesús.

–No se quedan embelesados ante Jesús: lo aman y lo admiran, igual que nosotros.

–Yo no. Me cae bien, pero no le admiro.

–Entonces ¿por qué le sigues?

–Porque él me lo ha pedido.

–Nadie te obliga a hacerlo.

–He conocido a muchos otros profetas iguales que él.

–Él no es un profeta.

–Profeta, mesías, da igual.

–Nada que ver. Él trae amor.

–¿Y en qué consiste su amor?

Con Judas siempre hay que empezar desde cero. Habría desanimado al más pintado, más de una vez me desanimó a mí. Amarlo tenía algo de reto y eso me hacía amarlo todavía más. No porque me gusten los amores difíciles, al contrario, sino porque con él ese añadido resultaba indispensable.

Si solo hubiera frecuentado a los otros discípulos quizá habría olvidado que yo estaba allí para personas como Judas: los problemáticos, los intrigantes, los que Simón calificaba de gilipollas.

«¿En qué consiste su amor?» Buena pregunta. Cada día y cada noche tienes que buscar ese amor en tu interior. Cuando lo encuentras, su evidencia resulta tan poderosa que te resulta incomprensible saber por qué te ha costado tanto llegar hasta ahí. Y luego hay que mantenerse en su corriente permanente. El amor es energía y, en consecuencia, movimiento, en su interior nada se detiene, se trata de lanzarse a su corriente sin preguntarte cómo vas a aguantar, ya que no pasa la prueba de la verosimilitud.

Cuando estás dentro, lo ves. No es una metáfora: ¡cuántas veces he tenido la oportunidad de distinguir su haz de luz vinculando a dos seres que se aman! Cuando se dirige hacia ti, esa luz se hace menos visible pero más sensible, puedes sentir sus rayos penetrando tu piel; no existe sensación mejor. Si entonces uno fuera capaz de oír, oiría un crepitar de chispas.

Tomás solo cree en lo que ve. Judas ni siquiera creía en lo que veía. Decía: «No quiero que mis sentidos me confundan.» Cuando un lugar común se profiere por primera vez, causa su efecto.

Judas es uno de los personajes que mayor cantidad de glosas va a suscitar en la historia. ¿Cómo puede sorprender, con el papel que le ha tocado? Dirán que se trataba del prototipo de traidor. Esta hipótesis no cuajará. El rebufo suscitado por esta condena desembocará inevitablemente en lo contrario. Partiendo de idéntica pobreza de fuentes, Judas será proclamado el discípulo más amante, puro e inocente. El juicio de los hombres es tan previsible que me resulta admirable que puedan tomarse tan en serio a sí mismos.

Judas era un tipo curioso. Había algo en él que se resistía a cualquier análisis. Su encarnación era mínima. Para ser más precisos, solo percibía las sensaciones negativas. Decía «me duele la espalda» con el mismo tono de quien acaba de descubrir un teorema.

Yo le decía:

—Qué agradable brisa primaveral.

Él replicaba:

—Cualquiera puede decir algo así.

—Es cierto, pero eso no impide que sea deliciosa —insistía yo.

Se encogía de hombros, para dejar bien claro que no deseaba perder más tiempo discutiendo con un zoquete.

Al principio a todos los discípulos les costó relacionarse con él. Como eran amables, intentaban animarlo. Eso provocaba que Judas se volviera muy agresivo. Poco a poco se fueron dando cuenta de que lo mejor era no hablar mucho con él. Tampoco había que ignorarlo, ya que su susceptibilidad aborrecía aún más el silencio que las palabras.

Judas era un problema permanente, especialmente para sí mismo. Cuando no tenía ningún motivo para enojarse, se enojaba. Cuando todo era motivo de contrariedad, también se encolerizaba. En consecuencia, era mejor relacionarse con él en la adversidad: el papel le sentaba mejor. Antes de conocerle, ignoraba la existencia de esta especie perpetuamente ofuscada. No sé si fue el primero, pero sé que no fue el último.

Nosotros le queríamos. Él se daba cuenta y se esforzaba por desalentarnos.

–No soy un ángel. Tengo un carácter del demonio.

–Ya lo hemos notado –respondía uno de nosotros con una sonrisa.

–¿Cómo? ¡Mira quién fue a hablar!

Cuando no era el instructor de su proceso imaginario, se esforzaba por desbaratar nuestro afecto.

Le horrorizaban las mentiras. Cuando se lo comenté, me di cuenta de que no las identificaba. Por ejemplo, no lograba diferenciar una mentira de un secreto.

–No divulgar una información verdadera no es mentir –le dije.

–En el momento en que no dices toda la verdad, mientes –me respondió.

No se daba por vencido. Tras fracasar con la teoría, lo intenté con la casuística.

–Una nueva ley declara que los jorobados serán condenados a muerte, tu vecino tiene una joroba, las autoridades te preguntan si conoces a algún jorobado. Tú dices que no, por supuesto. No es una mentira.

—Sí lo es.

—No, es un secreto.

Si Judas hubiera habitado más su cuerpo, habría tenido lo que le faltaba: sutileza. Lo que la mente no comprende, lo capta el cuerpo.

Tengo pocos recuerdos de antes de la encarnación. Las cosas se me escapaban, literalmente: ¿qué retener de lo que no has vivido? No existe arte mayor que el de vivir. Los mejores artistas son aquellos cuyos sentidos poseen la mayor delicadeza. Inútil dejar huella en otra parte que no sea tu propia piel.

A poco que se le escuche, el cuerpo siempre es inteligente. En un futuro que no sé situar, será posible medir el cociente intelectual de los individuos. No servirá de mucho. Por suerte, nunca se podrá evaluar de otro modo que no sea a través de la intuición el grado de encarnación de un ser: su mayor valor.

Lo que sin duda sembrará la duda en esta cuestión será el caso de las personas capaces de abandonar su cuerpo. Si se supiera lo fácil que resulta, no se admiraría tanto esta proeza inútil o, en el peor de los casos, peligrosa.

Si un espíritu noble abandona su cuerpo, será inofensivo. Sin duda es un viaje que puede tener su gracia, por la simple razón de que nunca lo has llevado a cabo. Igual que recorrer tu propia calle en dirección contraria a la habitual puede resultar divertido. Punto final. El problema es que esta experiencia la imitarán los espíritus mediocres. Mi padre debería haber bloqueado mejor el acceso a la encarnación. Evidentemente, entiendo que le preocupara la libertad humana. Pero los resultados del divorcio entre los espíritus débiles y sus cuerpos serán desastrosos, para ellos y para los demás.

Un ser encarnado nunca comete un acto abominable. Si mata, es para defenderse. Nunca se enfada sin una razón justa. El mal siempre se origina en la mente. Sin la salvaguarda del cuerpo, el malestar espiritual puede empezar.

Y de algún modo lo entiendo. Yo también tengo miedo a sufrir. Buscamos desencarnarnos para garantizarnos una salida de emergencia. Yo mañana no tendré ninguna.

La noche desde la cual escribo no existe. Los Evangelios así lo ratifican. Mi última noche de libertad transcurre en el Jardín de los Olivos. Al día siguiente, me condenan, y la sentencia es inmediata. La interpreto como una forma de humanidad: hacer que alguien espere multiplica su suplicio.

Y sin embargo existe esa dimensión inexplorada que no tengo la impresión de haberme inventado: un tiempo diferente que he introducido entre la muerte y yo. Soy como los demás, tengo miedo a morir. No pienso que gozaré de un régimen de favor.

¿La elección ha sido mía? Eso dicen. ¿Cómo puedo haber elegido ser yo? Por la razón que explica la inmensa mayoría de las elecciones: por inconsciencia. Si fuéramos conscientes, elegiríamos no vivir.

Eso no impide que mi elección fuera la peor de todas. De modo que la mía fue la mayor de las inconsciencias. Menos mal que no ocurre lo mismo con el amor. Es lo que sabes cuando estás enamorado: que uno no elige. Los seres con un ego demasiado grande no se enamoran porque no soportan no ser ellos los que eligen. Se prendan de una persona que han seleccionado previamente: eso no es amor.

En el inconcebible momento en que elegí mi destino, no sabía qué implicaría enamorarse de María Magdalena. De hecho la llamaré Magdalena: los nombres compuestos no me entusiasman y me fastidia llamarla María de Magdala. En cuanto a llamarla María a secas, ni se me pasa por la cabeza. Es poco recomendable confundir a tu amada con tu madre.

La causalidad amorosa no existe, ya que uno no elige. Los porqués se inventan *a posteriori,* por pura diversión. Me enamoré de Magdalena solo con verla. Podríamos elucubrar: si el sentido de la vista fue el que desempeñó el papel principal, podría considerarse como causa la extrema belleza de Magdalena. En realidad estaba callada y la vi antes de oírla. La voz de Magdalena es todavía más hermosa que su apariencia: si la hubiera conocido a través del oído, el resultado habría sido el mismo. Y si aplicara esta argumentación a los otros tres sentidos, llegaría a conclusiones impúdicas.

No hay nada sorprendente en el hecho de que me enamorara de Magdalena. Que ella se enamorara de mí, en cambio, sí resulta extraordinario. Y eso fue lo que ocurrió en el instante en que me vio.

Nos hemos contado mil veces esta historia, sabiendo siempre que algunos detalles de esta ficción se nos habían escapado. Hicimos bien: nos proporcionó un placer infinito.

—Cuando vi tu rostro, no podía creérmelo. No sabía que fuera posible tanta belleza. Y luego me miraste y la cosa fue a más: no sabía que se podía mirar así. Cuando me miras, me cuesta respirar. ¿Miras igual a todo el mundo?

—No creo. No es por eso por lo que me conocen. Pero es como si el muerto se asustase del degollado. Tu mirada es famosa, Jesús. La gente acude para que tú los mires.

—No miro a nadie como te miro a ti.

—Eso espero.

El amor concentra la certeza y la duda: estás seguro de ser amado y al mismo tiempo lo dudas, no sucesivamente, sino con una desconcertante simultaneidad. Intentar librarse de esta vertiente dubitativa haciendo mil preguntas a la amada equivale a negar la naturaleza radicalmente ambigua del amor.

Magdalena había conocido a muchos hombres y yo no había conocido a ninguna mujer. Sin embargo, nuestra falta de experiencia nos igualaba. Frente a lo que nos estaba ocurriendo, compartíamos la misma ignorancia del recién nacido. El secreto consiste en aceptar este estado convulsivo con entusiasmo. Me atrevo a decir que destaco en esta materia y que Magdalena también. Su caso resulta todavía más admirable: los hombres la habían acostumbrado a lo peor sin que ella se hubiera vuelto desconfiada. Tiene mérito.

¡Cómo la echo de menos! La invoco a través del pensamiento, pero eso no sustituye nada. Quizá resultaría más digno negarme a que me viera así. Lo cual no impide que daría cualquier cosa por volver a verla y abrazarla.

Dicen que el amor es ciego. He comprobado lo contrario. El amor universal es un acto de generosidad que implica una lucidez dolorosa. En cuanto al enamoramiento, te abre los ojos a maravillas invisibles para el ojo humano.

La belleza de Magdalena era un fenómeno ya conocido. Sin embargo, nadie sabe mejor que yo lo hermosa que es. Hace falta coraje para soportar una belleza así.

42

A menudo le he hecho esta pregunta, que no tenía nada de retórica:

–¿Qué efecto produce ser tan hermosa?

Ella respondía con evasivas:

–Depende de con quién.

O:

–No está mal.

O también:

–Eres muy amable.

La última vez, insistí:

–No te lo pregunto por galantería. Me interesa de verdad.

Ella suspiró:

–Antes de conocerte, las raras veces en las que era consciente de ello, me quedaba paralizada contra la pared. Desde que me miras tú, he logrado disfrutar.

Entre las cosas que no le he dicho, precisamente porque se prestarían a confusión, está la siguiente: de todas las alegrías vividas a su lado, ninguna ha igualado la contemplación de su belleza.

–Deja de mirarme así –decía a veces.

–Eres mi vaso de agua.

Ningún placer se aproxima al que, cuando te estás muriendo de sed, produce un vaso de agua.

El único evangelista que ha manifestado un talento de escritor digno de ese nombre es Juan. Precisamente por eso su palabra es la menos fiable. «El que bebe de esta agua nunca volverá a tener sed»: nunca dije nada parecido, habría sido un contrasentido.

No es casual que haya elegido esta región del mundo: no me bastaba que fuera un lugar políticamente desgarrado. Necesitaba una tierra altamente sedienta. Ninguna sensación evoca tanto lo que deseo inspirar como la sed. Sin duda esa es la razón por la cual nadie la ha sentido como la siento yo.

En verdad os digo: cultivad lo que sentís cuando os estáis muriendo de sed. Este es el impulso místico. No es ninguna metáfora. Cuando dejamos de tener hambre, a eso le llamamos saciedad. Cuando dejamos de estar cansados, a eso le llamamos descanso. Cuando dejamos de sufrir, a eso le llamamos alivio. A dejar de tener sed, en cambio, no le llamamos de ningún modo.

En su sabiduría la lengua comprendió que no era necesario crear ningún antónimo de sed. Puedes apagar la sed, pero nunca hablamos de su apagamiento.

Hay personas que creen que no son místicas. Se equivocan. Basta con haberse muerto de sed para acceder a ese estatus. En el inefable instante en que el sediento se lleva el vaso de agua a los labios, se convierte en Dios.

Es un instante de amor absoluto y de asombro sin límites. Mientras dura, el que lo experimenta es por fuerza puro y noble. Yo he venido a enseñar este impulso, nada más. Mi palabra es tan sencilla que desconcierta.

Es tan sencilla que está condenada al fracaso. El exceso de simplicidad es un obstáculo para la comprensión. Hay que conocer el trance místico para acceder al esplendor de lo que, en tiempos normales, la mente humana califica de indigencia. La buena noticia es que la sed extrema es un trance místico ideal.

Recomiendo prolongarlo. Que el sediento posponga el momento de beber. No indefinidamente, por supuesto. No se trata de poner en peligro tu salud. No os pido que convirtáis vuestra sed en una meditación, os pido que, antes de apagarla, la viváis a fondo, en cuerpo y alma.

Intentad esta experiencia: tras haberos muertos de sed un rato largo, no os toméis el vaso de agua de un solo sorbo. Bebed un único trago, mantenedlo en la boca durante unos segundos antes de tragarla. Apreciad el asombro que os produce. Ese deslumbramiento es Dios.

No es la metáfora de Dios, repito. El amor que en ese instante experimentáis a través del sorbo de agua es Dios. Soy el que consigue experimentar ese amor por todo lo que existe. En eso consiste ser Cristo.

Hasta hoy, no ha sido un camino fácil. Mañana será monstruosamente difícil. Así que, para conseguirlo, tomo una decisión que me ayudará: no beberé el agua de la jarra que el carcelero ha dejado en mi celda.

Eso me entristece. Me gustaría sentir por última vez la mejor de las sensaciones, mi preferida. Renuncio a ello a propósito. Es una imprudencia: cuando me toque llevar la cruz, la deshidratación me perjudicará. Pero me conozco lo suficiente para saber que la sed me protegerá. Puede adquirir dimensiones tan grandes que los demás sufrimientos se apacigüen.

Tengo que intentar dormir. Me acuesto en el suelo de la celda, más sucio que la tierra. He aprendido a sentir indiferencia ante el hedor. Basta con pensar que nada huele mal a propósito: no sé si es verdad, pero es un razonamiento que permite aceptar los peores olores.

Abandonar mi peso en la posición yacente siempre me produce asombro. Por muy poco que pese, ¡qué liberación! La encarnación implica cargar contigo un equipaje de carne. En mi época, las personas regordetas gozan de prestigio. He renunciado al canon, soy delgado: no puedes ir diciendo que has venido a este mundo para ayudar a los pobres y tener sobrepeso. A Magdalena le parezco guapo, debe de ser la única. Mi propia madre gimotea cuando me ve: «¡Come, das pena!»

Como lo mínimo. Llevar a cuestas más de los cincuenta y cinco kilos que peso me agotaría. He observado que no son pocos los individuos que, a causa de mi delgadez, se niegan a escucharme. En sus ojos puede leerse: «¿Cómo reconocerle la más mínima sabiduría a un tipo tan flacucho?»

Esa también fue una de las razones por las que elegí a Pedro como comandante: menos inspirado que Juan, menos fiel que cualquier otro, tiene la cualidad de ser un coloso. Cuando habla, la gente se siente impresionada. El colmo es que eso también vale para mí. Sé, sin embargo, que me negará, pero me inspira la mayor de las confianzas. No solo porque es alto y bien parecido. Me encanta verlo comer. No se anda con remilgos, agarra los alimentos y los devora sin rodeos, con el rudo placer de los valientes. Bebe a morro de la jarra, que vacía de un solo trago, eructa y se limpia la boca con el reverso de su potente mano. No lo hace por pose, ni siquiera se ha fijado en que los demás no comen así. No puedes evitar quererlo.

Juan, en cambio, come igual que yo. No sé si su parsimonia pretende imitar la mía. El hecho es que eso mantiene el afecto a distancia. ¡Qué extraña especie la nuestra! Nada humano me es ajeno. En la mesa, tengo que prohibirme a mí mismo decirle a Juan: «¡Vamos, come, qué pesado eres con tus modales!» Y resulta tanto más absurdo por cuanto sus modales también son los míos.

48

Para poder amar a Juan, tengo que abandonar la mesa. Cuando camina junto a mí y me escucha, lo amo. Me han asegurado que soy bueno escuchando. No sé qué efecto produce ser escuchado por mí. Sé que la manera de escuchar de Juan es amor y me conmueve.

Cuando hablo con Pedro, él abre mucho los ojos y me escucha durante un minuto. A continuación, noto que su atención disminuye. No es culpa suya, no se da cuenta, su mirada se mueve en busca de un lugar en el que detenerse. Desde el momento en que le dirijo la palabra a Juan, baja levemente los párpados, como si supiera que mis confidencias van a conmoverlo hasta el extremo de perturbarlo. Cuando termino, guarda silencio durante un momento y luego levanta hacia mí su brillante mirada.

Magdalena también me escucha con la misma intensidad. Me deslumbra menos por una razón tan simple como injusta: en mi época, a las mujeres les enseñan a escuchar así. Eso no quita que sean muy pocas las que escuchan tan bien. ¡Cómo me gustaría pasar esta última noche con ella! Ella decía: «¡Durmamos con un amor loco!» Luego se acurrucaba en cuchara contra mí y se quedaba dormida al instante. Nunca he dormido bien, así que era como si ella durmiera por los dos.

Gracias a ella supe que dormir era un acto de amor. Cuando dormíamos así, nuestras almas se fundían aún más que al hacer el amor. Era una lenta desaparición que nos arrastraba a los dos. Cuando por fin caía rendido, tenía la exquisita sensación de un naufragio.

Al despertar, la ilusión se confirmaba. Había perdido mis referencias hasta tal punto que nuestro catre era forzosamente la orilla en la que habíamos embarrancado y en la que nos asombrábamos de seguir con vida. ¡Qué gratitud despertarse en una playa después de haberse amado!

La impresión que producía haber sobrevivido era tan intensa que el amanecer nunca dejaba de traer consigo su parte de alegría. El primer abrazo, la primera palabra de amor, el primer sorbo.

Si había un río en los alrededores, Magdalena me invitaba a que nos bañáramos en él. «No hay nada mejor para empezar el día», decía. Nada mejor, en efecto, para lavar los miasmas de una noche demasiado buena.

—Aprovecha para saciar tu sed —añadía ella—, ya que no tengo nada mejor que ofrecerte.

Nunca hemos tenido nada para desayunar. La idea de comer al levantarse siempre me ha provocado náuseas, me apena creer que se vaya a convertir en un hábito. Pero algunos sorbos de agua resultaban idóneos para refrescar el aliento.

Esos deliciosos pensamientos no tienen ningún poder hipnagógico. Si de verdad quiero dormirme, antes debo obligarme a experimentar aburrimiento. Se necesita una voluntad de hierro para aburrirse adrede. Por desgracia, y puede que debido a la inminencia de la muerte, nada me parece aburrido, incluso los discursos de los fariseos que me hacían bostezar hasta el límite hoy me parecen cómicos. Intento recordar los esfuerzos de José cuando intentaba enseñarme el arte de la carpintería. ¡Qué pésimo alumno era! ¡Y la expresión desconcertada de José, que nunca se enfadaba!

Cristo significa dulce. La ironía ha querido que mis padres humanos sean mil veces más dulces que yo. Estaban hechos el uno para el otro: seres de tanta bondad, es para desanimarse. Yo leo con claridad los corazones, sé cuándo alguien es bueno porque se esfuerza, de hecho es una actitud que a menudo fue· la mía. José era bueno por naturaleza. Estuve a su lado cuando murió, ni siquiera maldijo el estúpido accidente que le costó la vida, me sonrió y dijo:

–Vigila para que nunca te pase lo mismo.

Y se apagó.

No, José, nunca me moriré cayendo de un tejado.

Mamá llegó demasiado tarde.

–No ha sufrido –dije.

Tuvo un gesto tierno al acariciarle el rostro. Mis padres no estaban enamorados el uno del otro, pero se querían mucho.

Mi madre también es mucho mejor que yo. El mal le es ajeno, hasta el extremo de que no lo reconoce cuando se cruza con él. Envidio esa ignorancia. El mal no me es ajeno. Para poder identificarlo en los demás, era indispensable tenerlo dentro de mí.

No lo lamento. Si en mí no hubiera existido este rastro oscuro, nunca me habría enamorado. El enamoramiento no afecta a los seres que no conocen el mal. No porque tenga nada de malo, sino porque para experimentarlo es necesario recelar de los abismos que permitan la aparición de tan profundo vértigo.

Eso no significa que sea una mala persona, ni que Magdalena sea una mala mujer. El oscuro rastro estaba dentro de nosotros en estado latente. Más en Magdalena que en mí, por supuesto.

Ella no habría montado en cólera ante los mercaderes del Templo. Por muy justa que fuera la causa, ¡qué terrible recuerdo me produce esa cólera! La sensación de un veneno que se expandía por mi sangre y me ordenaba echar a toda aquella gente gritando: lo odié.

Por suerte, en este momento no siento nada comparable. Ni siquiera durante el juicio, al presenciar todos aquellos nauseabundos testimonios, la cólera se ha vuelto a despertar. La indignación es un fuego diferente que no provoca ese abominable sufrimiento. Si he logrado aplacar mi desprecio es porque, contrariamente a la cólera, no es un sentimiento de naturaleza explosiva.

Jesús, no es así como conseguirás dormir. ¡No tienes fuerza de voluntad!

Me despierto.

Así que me ha sido dado caer. Es una gracia. Le doy gracias a Dios mientras pienso que es el colmo darle las gracias en un día como hoy. Las cosas como son: he dormido.

Siento fluir en mis venas la dulzura del descanso. Bastan algunos minutos de sueño para experimentar esta voluptuosidad. La paladeo con la certeza de que es la última vez.

No me despertaré nunca más.

En el futuro, un poeta cuyo nombre desconozco dirá: «Todo el placer de los días está en sus amaneceres.» Opino lo mismo. Me gusta la mañana. A esa hora del día hay una fuerza inexorable. Aunque en la víspera haya ocurrido lo peor, existe una pureza matinal.

Me siento limpio. No lo estoy. Esta mañana mi alma está limpia. El desprecio que experimenté ayer ya no existe. No quisiera regocijarme demasiado deprisa y sin embargo tengo la brusca convicción de que moriré sin odio. Espero no equivocarme.

Un último pipí en el rincón de la celda, vuelvo a acostarme y se produce un milagro: llueve.

Esta lluvia es impropia de la estación. Espero que dure. El espectáculo tendrá que anularse: una crucifixión bajo la lluvia está condenada al fracaso, el público no iría. Los romanos necesitan que sus suplicios atraigan multitudes, de no ser así sienten que les desaprueban. Para ellos el público quiere diversión y no le importan las camarillas. El mal tiempo ignora las circunstancias, pero los oídos de Roma llegan lejos: crucificar a tres hombres sin que la plebe acuda en masa sería percibido como una afrenta.

Siempre me ha gustado sentirme refugiado mientras redobla la lluvia. Es una sensación maravillosa. Se suele asociar de un modo algo estúpido con la serenidad. En realidad se trata de una situación de placer. El sonido de la lluvia exige un techo como caja de resonancia: estar bajo ese techo es el mejor lugar para apreciar el concierto. Deliciosa partitura, sutilmente cambiante, rapsódica sin exagerar, toda lluvia tiene algo de bendición.

La que cae se está convirtiendo en diluvio. Imagino un destino diferente. Las autoridades huyen de la subida de las aguas. Me dejan en libertad. Regreso a mi tierra, me caso con Magdalena, llevamos la vida simple de la gente corriente. Demasiado mediocre como carpintero, me hago pastor. Con la leche de las ovejas, hacemos queso. Cada noche, nuestros hijos se deleitan y crecen como plantas. Envejecemos felices.

¿Siento la tentación? Sí. Cuando era más joven, disfrutaba siendo el elegido. Ahora ya no tengo esa ansia, la he colmado. Preferiría recuperar la dulzura del anonimato, eso que erróneamente llamamos banalidad. Sin embargo, no hay nada tan extraordinario como la vida normal. Me gusta lo cotidiano. La repetición permite ahondar en los deslumbramientos del día y de la noche: comer el pan recién salido del horno, andar descalzo sobre la tierra todavía cubierta de escarcha, respirar a pleno pulmón, acostarse junto a la mujer amada; ¿cómo se puede desear otra cosa?

Esa vida también acaba con la muerte. Pero supongo que morir resulta muy distinto cuando es consecuencia de la edad: uno se apaga junto a los suyos, debe de ser como quedarse dormido. Si pudiera librarme de la violencia anunciada no pediría nada más.

Deja de llover. La hipótesis exquisita se agota. Todo se cumplirá.

«Acéptalo», me apunta, desde el interior de mi cabeza, una voz benévola.

Un sabio de Asia da a entender que la esperanza y el miedo son la cara y la cruz de un mismo sentimiento y que por ese motivo debemos renunciar a ambos. Tiene sentido: experimenté la esperanza en vano y ahora mi terror se ha acrecentado. Sin embargo, la palabra por la que voy a morir no condenará la esperanza. Quizá sea una quimera, pero el amor que emana de mí contiene una esperanza ajena a la contrapartida del miedo.

Eso no quita que tendré que aguantar ese sufrimiento infinito. «Acéptalo.» ¿Acaso tengo elección? Acepto para que el dolor sea menor.

Por fin vienen a buscarme

Suspiro de alivio. Lo peor ya ha pasado. Ya no estoy esperando el suplicio.

Enseguida llega la decepción. Comienzan las payasadas. Me ponen una corona de espinas, me la clavan para que mi cráneo sangre. El ridículo no mata, y yo lo lamento.

Me flagelan públicamente. No sé para qué sirve esta escena. Tiene toda la pinta de ser un entrante. Antes del plato fuerte de la crucifixión, y para abrir el apetito, nada mejor que una sesión de flagelación. Cada latigazo me endurece de dolor. Dentro de mi cabeza, la voz amable me repite que lo acepte. Detrás, una voz chirriante: «La broma aún no ha terminado.» Ahogo una risa nerviosa que podría ser interpretada como insolencia. Lástima que no se espere de mí que sea impertinente, eso me divertiría.

Me prohíbo a mí mismo pensar que el látigo me desgarra de dolor: lo que vendrá a continuación será incomparablemente doloroso. ¡Y pensar que se puede sufrir mucho más aún!

Hay espectadores, pero no demasiados. Es para los *happy few;* seleccionados entre los mejores, esos especialistas saben de qué va la cosa. Parecen opinar que el espectáculo tiene calidad: el verdugo da bien los latigazos, la víctima tiene pudor, es una prestación del mayor gusto. Gracias, Pilatos, tus fiestas siguen mereciendo la fama que les precede. Si no te parece mal, no asistiremos a la continuación de los festejos, que promete ser más vulgar.

Fuera me aguarda un sol de plomo. ¿Llevan mucho tiempo flagelándome? Ya no es por la mañana. Mis ojos tardan unos minutos en acostumbrarse a semejante estallido. De repente, veo la multitud. De entrada, es un caos. Hay tanta gente que apenas se distinguen unos de otros. Solo tienen una mirada, la de la avidez. No quieren perderse ni el más mínimo detalle del espectáculo.

La lluvia no ha dejado en el aire ningún rastro de frescor. En cambio, el suelo, perfectamente embarrado, conserva su recuerdo. Veo la cruz

58

contra la pared. Mentalmente, calculo su peso. ¿Seré capaz de llevarla? ¿Lo conseguiré?

Preguntas absurdas, no tengo elección. Capaz o no, habrá que hacerlo.

Me cargan con la cruz. Pesa tanto que podría derrumbarme. Estupefacción. No hay escapatoria. ¿Cómo voy a aguantar?

La única solución es andar lo más deprisa posible. Sí, claro: mis piernas vacilan debajo de mí. Cada paso me cuesta un esfuerzo inimaginable. Calculo la distancia hasta el Gólgota. Imposible. Me moriré mucho antes. Casi es una buena noticia, así no seré crucificado.

Y sin embargo sé que seré crucificado. Voy a tener que aguantar de verdad. Vamos, no pienses, no sirve de nada, avanza. ¡Si por lo menos no me hundiera en este barro que duplica el peso de la cruz!

Para acabarlo de arreglar, la gente se apiña a mi paso. Oigo comentarios tremendos:

–Y ahora qué, ¿ya no te las das de listo?

–¿Y cómo es que no utilizas tu magia para librarte de esta?

El lado bueno es que no tengo que esforzarme en no despreciarlos. Ni siquiera se me pasa por la cabeza. Toda mi energía está puesta en soportar mi carga.

No caerme. Está prohibido. Además, si te

caes tendrás que levantarte. Y será peor. Sí, existe la posibilidad de que sea peor. No te caigas, te lo suplico.

Siento que me voy a caer. Es cuestión de segundos. No puedo evitarlo, todo tiene un límite, estoy esperándolo. Ya está, me caigo. La cruz me noquea, estoy de bruces en el barro. Por lo menos tengo unos instantes de liberación. Saboreo esa extraña libertad, paladeo el placer de mi debilidad. Por supuesto, una lluvia de golpes cae inmediatamente sobre mí, pero ni siquiera los siento de tanto como me duele todo.

Vamos, vuelvo a levantar ese peso monstruoso. Estoy de pie de nuevo, titubeante, sabiendo ahora lo difícil que resulta. Mateo 11, 30: «Porque mi yugo es fácil y ligera mi carga.» No para mí, amigos. Los Evangelios no se dirigen a mí. Lo sabía, desde luego. Vivirlo es diferente. Todo mi ser protesta. Lo que me permite continuar es esa voz que identifico con la de la corteza y que no deja de susurrarme: «Acéptalo.»

Creía haber tocado fondo, pero ahí está mamá. No. Por favor, no me mires. Por desgracia, veo que me estás viendo y que lo entiendes. Tienes los ojos muy abiertos por el horror. Va más allá de la piedad, estás viviendo lo mismo que yo pero peor, porque siempre es peor cuando se trata de tu hijo. Morir antes que tu madre es contra natura. Si además ella asiste al suplicio, es el colmo de la crueldad.

No es un último momento demasiado hermoso, es el peor momento. No tengo fuerzas para pedirle que se vaya, y aunque las tuviera, ella no me escucharía. Mamá, te quiero, no mires cómo tu hijo sufre como un perro, haz caso omiso de lo que estoy padeciendo. ¡Si por lo menos pudieras desmayarte, mamá!

Mi padre, que nunca me concede nada, tiene una extraña manera de manifestarme, cómo decirlo, no ya su solidaridad, todavía menos su compasión, no se me ocurre ninguna otra palabra que no sea esta: su existencia. Los romanos empiezan a intuir que no voy a llegar vivo al Gólgota. Para ellos sería un fracaso estrepitoso: ¿para qué crucificar a un muerto? Entonces recurren a un tipo que regresa del campo, un fierabrás que pasaba por allí.

—Quedas movilizado. Debes ayudar a este condenado a llevar su carga.

Aunque haya recibido una orden, este hombre es un milagro. No se hace ninguna pregunta, ve a un desconocido titubeando a causa de una carga excesivamente pesada para él y no lo duda ni un instante, me ayuda.

¡Me ayuda!

Es algo que no me había pasado en la vida. No sabía qué era. Alguien me ayuda. No importa qué lo mueve a hacerlo.

Podría ponerme a llorar. Entre la especie abyecta que se burla de mí y para la que voy a sacrificarme está este hombre, que no ha venido a disfrutar del espectáculo y que, se nota, me ayuda de todo corazón.

Si hubiera aparecido en la calle por casualidad y me hubiera visto titubear bajo la cruz, creo que habría tenido la misma reacción: sin pensarlo ni un segundo, se habría apresurado a socorrerme. Hay personas así. No son conscientes de su propia excepcionalidad. Si le preguntara a Simón de Cirene por qué se comporta así, no entendería la pregunta: no sabe que se puede actuar de otro modo.

Mi padre ha creado una especie extraña: o cabrones con opiniones, o almas generosas que no piensan. En el estado en que me encuentro, yo tampoco pienso. Descubro que tengo a un amigo en la persona de Simón: siempre me han caído bien los tipos grandotes. Nunca son los que provocan los problemas. Tengo la impresión de que la cruz no pesa nada.

–Deja que lleve mi parte –le digo.

–Honestamente, será más fácil si me dejas hacerlo a mí –responde él.

Por mí, encantado. A los romanos ya no les parece tan bien. El bueno de Simón intenta explicarles su punto de vista:

—Esta cruz no es pesada. Más que otra cosa, el condenado me molesta.

—El condenado debe llevar su parte de carga —grita un soldado.

—No lo entiendo. ¿Queréis que lo ayude sí o no?

—¡Nos tienes harto! ¡Lárgate!

Con el rabo entre las piernas, Simón me mira como si hubiera cometido un error. Demasiado bonito para ser verdad.

—Gracias —le digo.

—Gracias a ti —dice él extrañamente.

Parece confundido.

No tengo tiempo para encomiarlo más. Debo continuar avanzando, arrastrando ese peso muerto. A continuación, constato algo inesperado: la cruz no pesa tanto. Sigue siendo espantosa, pero el episodio de Simón ha cambiado las reglas del juego. Es como si mi amigo se hubiera llevado con él la parte más inhumana de mi carga.

Este milagro, porque se trata de un milagro, no tiene nada que ver conmigo. Busquen una magia más extraordinaria en las Escrituras. Buscarán en vano.

Hace un calor espantoso. Mis cejas no bastan, el sudor de mi frente me chorrea en los ojos, ya no veo por dónde piso. Los romanos me guían a latigazos, lo cual resulta tan brutal como ineficaz. No sabía que se pudiera sudar así. ¿Cómo puede contener mi cuerpo tanta agua y tanta sal?

Aparece un trapo que me libera: una tela que me parece suave y deliciosa seca mi rostro en una caricia sedosa. ¿Quién es capaz de un acto semejante? Alguien tan bueno como Simón de Cirene, pero ese enorme gigante no lograría secarme la cara con tanta delicadeza.

Quisiera que esa sensación siguiera para siempre y al mismo tiempo me gustaría ver a mi benefactor. El paño se retira y descubro a la mujer más hermosa del planeta. Parece tan sorprendida como yo.

El instante se congela, el tiempo deja de existir, ya no sé ni quién soy ni qué estoy haciendo aquí, pero me da igual, están esos grandes ojos puros que me miran, ya no tengo ni pasado ni porvenir, el mundo es perfecto, que nada se mueva, permanezcamos así, en la inminencia de lo inefable. El flechazo es eso, está a punto de ocurrir algo gigantesco, una música sabia falta a nuestro deseo, pero esta vez por fin vamos a oírla.

–Me llamo Verónica –dice ella.

Es increíble lo hermosa que puede llegar a ser una voz desconocida.

Los latigazos me devuelven a la realidad. La cruz vuelve a aplastarme, me arrastro, el infierno empieza de nuevo.

Eso no quita que, desde que se inició mi suplicio, el destino se ensaña conmigo, todo me cae encima, lo peor y lo mejor, he conocido la amistad y he conocido el amor, es para no dar crédito. Verónica –¿quién será?–, la música de su voz sigue resonando en mis oídos y descubro que una melodía puede hacer más ligero el universo y un rostro lleno de frescura puede proporcionarte las fuerzas para cargar con el instrumento de tu propia tortura.

En este planeta están Simón de Cirene y Verónica. Dos valentías de una excelencia sin parangón.

Regreso a la tierra. Lucho. ¿Con qué energías voy a lograr evitar el nuevo derrumbamiento? Una parte de mi cerebro calcula el momento del accidente. Mis ojos ya ven el lugar en el que todo va a ocurrir. Negocio conmigo mismo: «Solo un paso más... Solo medio paso más...»

La caída es un descanso ilusorio. Pero eso no me impide saborear esta segunda vez. ¡Qué bueno es dejarse ir y someterse a la ley de la gravedad! Una lluvia de latigazos cae inmediatamente sobre mí, la dulce sensación solo habrá durado un segundo, pero en mi estado cada segundo cuenta.

Me parece que llevo horas arrastrando esta cruz. Seguramente eso es inexacto. Me cuesta recordar mi vida anterior. Desde que asciendo hacia el calvario, he sido deslumbrado por un hombre y luego por una mujer. También he vuelto a ver a mi madre. Se ha repetido hasta la saciedad que prefiero a las mujeres. Para mí preferir un sexo sería una señal de desprecio.

Las hijas de Jerusalén se agolpan a mi alrededor, llorando. Intento convencerlas de que sequen sus lágrimas:

—Vamos, solo es un mal momento, todo se arreglará.

No me creo una palabra de lo que estoy diciendo. Nada se va a arreglar, más bien empeorará. Solo que sus llantos me impiden respirar. ¿Cómo se puede ayudar a alguien? Seguramente llorando frente a él no. Simón me ha ayudado. Verónica me ha ayudado. Ninguno de los dos ha llorado. Tampoco lucían amplias sonrisas, actuaban con un objetivo concreto.

No, no prefiero a las mujeres. Creo que me protegen. No lo atribuyo a nada más que a la dulzura de mi comportamiento con ellas, que no figura entre las costumbres de los hombres de por aquí.

¿Hace falta que diga que tampoco prefiero a los hombres? Hay verbos de los cuales huyo, como preferir o sustituir: nadie se imagina hasta qué punto son verbos equivalentes. He visto a gente pelearse por ser los preferidos, sin darse cuenta de que eso les convertía en remplazables.

Un día alguien sostendrá que nadie es irremplazable. Yo pregono lo contrario. El amor que me consume afirma que todo el mundo es irremplazable. Es terrible saber de antemano que mi suplicio no sirve para nada.

No es del todo cierto. Bastarían algunos individuos para comprender. No descarto que habrían llegado a eso sin mi sacrificio. Nunca lo sabré. Mejor no concebir una amargura que convertiría mi suerte en más espantosa todavía.

Cuando arrastras esta cruz te vienen a la cabeza pensamientos extraños. Llamarlos pensamientos es exagerado; son retazos, cortocircuitos. Mi carga es demasiado pesada para mí. Nunca me he sentido tan desgraciado.

Lástima que lo haya ignorado hasta ahora: no llevar una carga excesiva es un ideal de vida suficiente. Una gran lección que ya no me será de ninguna utilidad. Recuerdo haber caminado durante días por caminos felicitándome por ser feliz por nada. No era feliz por nada, disfrutaba de la levedad.

Me vengo abajo una tercera vez. Morder el polvo requiere su tiempo. El suelo ya no está embarrado, el sol ha secado la tierra. Diviso la cumbre del Gólgota. ¿Por qué tengo prisa por alcanzarlo? Me cuesta creer que sufriré más cuando esté en la cruz que debajo de la cruz, como ahora.

Es una experiencia habitual: cuando subes a una montaña, primero la contemplas desde abajo, desde donde no parece demasiado elevada. Hay que llegar a la cumbre para darse cuenta de su altura. El Gólgota no es mucho más que un montículo, pero me parece que nunca acabaré de escalarlo.

No sé cómo he podido volver a levantarme. Llegados a este punto, todo es esfuerzo, todo me duele. Debo de ser resistente, porque no me desmayo. Los últimos pasos son los peores, no puedo sentir la alegría de quien ha superado la prueba, sé que lo que empieza a partir de aquí es de otra naturaleza.

No tardan en hacérmelo saber del modo más simple: me despojan de mi ropa. Solo era una ropa de lino y un cinturón: me doy cuenta del valor de esos trapos.

Mientras estás vestido, eres alguien. Ahora no soy nadie. Ya no soy nada. Dentro de mi cabeza, una vocecita me susurra: «Te han dejado tu paño. Podría ser peor.» Toda la condición humana se resume así: podría ser peor.

No me atrevo a mirar a los dos crucificados que ya están en su sitio. Les ahorro el dolor de observarlos que yo he tenido que soportar tanto rato.

Uno de ellos declara con voz burlona:

–Si eres el hijo de Dios, pídele a tu padre que te libre de esta.

Admiro sinceramente que en su situación tengan un espíritu sarcástico.

Oigo que el otro dice:

–Cállate, se lo merece menos que nosotros.

Sufrir hasta ese extremo y tener el ánimo de defenderme, eso me conmueve. Le doy las gracias a ese hombre.

No, no le he dicho que se salvará. Decir algo semejante a alguien que está padeciendo un suplicio así es burlarse de todo. Y decirle a uno de los dos crucificados «te salvarás» y al otro no, habría sido el colmo del cinismo y de la mezquindad.

Preciso estos puntos porque no es lo que quedará escrito en los Evangelios. ¿Por qué? Lo ignoro. Los evangelistas no estaban a mi lado cuando todo ocurrió. Y, por más que dijeran, no me conocían. No se lo reprocho, pero no hay nada más irritante que esa gente que, con el pretexto de que nos quieren, pretenden conocernos mejor que nadie.

En realidad, sentí por ambos crucificados un impulso fraternal, por la sencilla razón de que pronto iba a vivir su mismo suplicio. Un día inventarán la expresión «discriminación positiva» para sugerir lo que habría podido ser mi actitud con el que llamarán buen ladrón. No tengo opinión al respecto, solo sé que ambos me conmovieron, cada uno a su manera. Ya que si aprecié lo que dijo el buen ladrón, también aprecié el orgullo del malo, que de hecho no era malo, pues no me parece que robar pan sea tan grave, y comprendo que en una situación como la suya no se tengan remordimientos.

Ha llegado la hora: me tumbo sobre la cruz. Aquello con lo que he cargado hasta ahora, cargará en adelante conmigo. Ya me veo venir los clavos y los martillos. Tengo tanto miedo que me cuesta respirar. Me clavan los pies y las manos. Es rápido, apenas tengo tiempo de darme cuenta. Y a continuación levantan la cruz entre las de mis hermanos.

Es entonces cuando descubro lo increíble de este sufrimiento. Que unos clavos te atraviesen las palmas de las manos no es nada comparado con cargar todo tu peso encima, y si eso es cierto con las manos, con los pies se multiplica por mil. Lo importante, sobre todo, es no moverse. El más mínimo movimiento multiplica un dolor ya de por sí insoportable.

Pienso que me acostumbraré, que el sistema nervioso no puede soportar demasiado tiempo un horror semejante. Descubro que sí es altamente capaz de hacerlo y que ese mecanismo registra tanto las más ínfimas variaciones como las más enormes.

¡Y pensar que mientras arrastraba la cruz creía que el objetivo de la vida consistía en no llevar cargas pesadas! El sentido de la vida es no sufrir. Y punto.

No hay escapatoria posible. Todo mi ser es dolor. Ninguna idea, ningún recuerdo puede liberarme.

Miro a los que me están mirando. «¿Qué sientes con lo que te está pasando?» Es la pregunta que leo en las innumerables miradas, ya sean de compasión o de crueldad. Si tuviera que responderles, no me saldrían las palabras.

A los crueles no les reprocho nada. En primer lugar porque el sufrimiento monopoliza mis facultades, y luego porque si mi dolor puede proporcionarle satisfacción a alguien, prefiero que sea así.

Magdalena está aquí. Ver a mi madre no me ha gustado, ver a mi amada me conmueve. Es tan hermosa que ni siquiera la compasión consigue desfigurarla. Sufro tanto que mi alma grita, por más que mi boca permanezca callada, incapaz de imaginar un grito que esté a la altura de la situación.

El grito de mi alma penetra en Magdalena.

No es ninguna metáfora. ¿Es el exceso de dolor o la proximidad de la muerte? Veo el amor de Magdalena en forma de rayos. Puede que la palabra rayo no sea la más exacta, se trata de algo más delicado y redondo a la vez, más concéntrico, una onda luminosa que emana de su ser y que yo recibo, tan suave como doloroso resulta lo que yo le doy a ella.

Puedo ver el grito de mi alma, o mejor dicho mi alma convertida en una desmesurada corriente que se reúne con el alma amante de Magdalena para mezclarse con la suya. Y experimento, si no alivio, sí una alegría muy misteriosa.

La sed, que había conservado como un arma secreta, acude en mi ayuda. Es una excelente idea. El extremo tormento de la garganta me permite salir del horror de mi cuerpo desgarrado, y esa alteración produce un efecto saludable.

La onda que me une a Magdalena es oblicua, y el hecho de serlo no se debe tanto a mi postura en suspensión como al carácter de su azulada luz. En secreto, mi amada y yo nos regocijamos por algo que solo nosotros sabemos.

Y cuando digo solo nosotros quiero decir que no lo sabe ni mi padre. Él carece de cuerpo y la dimensión absoluta del amor que Magdalena y yo estamos viviendo en este momento surge desde el cuerpo, igual que la música surge de un instrumento. Estas verdades tan intensas solo se aprenden teniendo sed, experimentando el amor y muriendo: tres actividades que necesitan un cuerpo. El alma también es indispensable, por supuesto, pero en ningún caso resulta suficiente.

La verdad es que tendría gracia. Pero no me arriesgo a reírme porque hacerlo me arrancaría un espasmo de dolor. Si en efecto tengo que morir, en ningún caso debe ser de este modo. Me da un miedo atroz malograr mi muerte. Estoy sufriendo tanto que incluso podría perderme el gran momento.

Esta crucifixión es un error. El proyecto de mi padre consistía en demostrar hasta dónde se podía llegar por amor. Ojalá solo fuera una idea estúpida, un simple gesto superfluo. Por desgracia, es espantosamente nociva. A causa de mi estúpido ejemplo muchas teorías humanas elegirán el martirio. ¡Y si solo fuera eso! Incluso aquellos que posean la sabiduría de optar por una vida sencilla se verán contaminados. Porque lo que mi padre me está infligiendo demuestra un desprecio por el cuerpo tan profundo que siempre dejará alguna huella.

Padre, simplemente te has visto superado por tu invento. Podrías sentirte orgulloso de esta constatación, que demuestra tu genio creador. Pero en lugar de eso, so pretexto de dar una lección de

74

amor edificante, escenificas el castigo más odioso y más cargado de consecuencias que se pueda imaginar.

Y eso que la cosa había empezado bien. Engendrar un hijo sólidamente encarnado era una buena historia, podrías haber aprendido mucho, si por lo menos hubieras tenido el valor de comprender lo que se te escapaba. Eres Dios: ¿qué sentido podía tener para ti ese orgullo? ¿De verdad se trata de eso? El orgullo no es malo. No, veo un rasgo ridículo: la susceptibilidad.

Sí, eres susceptible. Otra señal: no soportarás revelaciones diferentes. Te ofenderá que los hombres de las antípodas o de lugares próximos vivan la verticalidad de modos distintos. ¡A veces con sacrificios humanos que tendrás el descaro de considerar bárbaros!

Padre, ¿por qué actúas con esta cortedad de miras? ¿Estoy blasfemando? Es cierto. Castígame, pues. ¿Puedes castigarme más todavía?

Que conste: resulta que sufro con una intensidad mil veces mayor. ¿Por qué lo haces? Te estoy criticando. ¿Acaso he dicho que no te amo? Estoy resentido, enfadado contigo. El amor tolera este tipo de sentimientos. ¿Qué sabes tú del amor?

Así que se trata de eso. No conoces el amor. El amor es una historia y para contarla hace falta un cuerpo. Lo que acabo de decir no tiene ningún sentido para ti. ¡Si por lo menos fueras consciente de tu ignorancia!

Mi dolor adquiere tales proporciones que deseo morir cuanto antes. Por desgracia, sé que aún me queda mucho tiempo. La llama de la vida sigue sin vacilar. Sobre todo no moverse, el más mínimo movimiento se paga demasiado caro. Lo terrible de la indignación es que, además, implica sobresaltos: los indignados son incapaces de permanecer inmóviles.

Acéptalo, amigo mío. Sí, estoy hablando conmigo mismo. Hay que sentir amistad por uno mismo. Amor sería desagradable: el amor implica excesos que resultaría malsano infligirse. El odio es igual pero más injusto. Soy mi amigo, siento afecto por el hombre que soy.

Acepta, no porque resulte aceptable, sino porque así sufrirás menos. No aceptar está bien cuando resulta útil; aquí no te servirá de nada.

¿No dispones de una especie de triple apuesta ganadora? Las tres situaciones más radicales ya las has resumido: sed, amor, muerte. Tú estás en la intersección de las tres. Aprovéchalo, amigo mío. Qué verbo más abyecto. No puedo decirte «regocíjate», parecería que me estoy burlando de mí mismo.

Las cosas como son: es el momento de decirlo, estoy viviendo una experiencia crucial. No puedo dejar a un lado este sufrimiento, así que me sumerjo en la sed para, si no escapar, por lo menos eludirla.

¡Qué grandiosa sed! Una obra maestra del cambio. Mi lengua se ha transformado en piedra pómez, cuando la restriego contra mi paladar, resulta abrasiva. Explora tu sed, amigo mío. Es un viaje, te lleva hasta una fuente, qué hermoso es, lo oyes, sí, es la melodía adecuada, hay que aguzar el oído, hay músicas que se merecen, ese tierno murmullo me satisface hasta lo más profundo de mi ser, tengo en la boca ese sabor a piedra. En el futuro existirá un país tan pobre que en su idioma beber y comer serán un único verbo, utilizado con la máxima moderación posible, beber es un poco como comer guijarros líquidos; no, eso solo funciona si el agua rezuma, y en mi viaje no rezuma, surge, me tumbo para conectarme, me quiere como se quiere la fuente elegida. Bébeme sin límites, amado mío, que tu sed te sacie y no se apague jamás, ya que esta palabra no existe en ninguna lengua.

¿Cómo sorprenderse de que la sed conduzca al amor? Amar siempre empieza bebiendo con alguien. Puede que porque ninguna otra sensación resulta tan poco decepcionante. Una garganta seca imagina el agua como el éxtasis, y el oasis está a la altura de las expectativas. El que bebe tras haber cruzado el desierto nunca dice: «No es para tanto.» Ofrecerle algo de beber a la persona a la que te dispones a amar es sugerir que el deleite estará por lo menos a la altura de su esperanza.

Me encarné en un país de sequía. No solo era necesario que naciera allí donde reinaba la sed, sino también que padeciese el calor.

Por lo poco que sé del frío, lo habría estropeado todo. No es solo que aplaque la sed, es que retrae las sensaciones anexas. El que tiene frío solo tiene frío. El que se muere de calor es capaz de sufrir al mismo tiempo miles de cosas.

Todavía estoy bastante bien. Sudo: ¿de dónde saldrá todo este líquido? Mi sangre circula, fluye de mis heridas, el dolor no da para más, me duele tanto que la geografía de mi piel se ve modificada, me parece que las zonas más sensibles de mi persona se concentran en los hombros y los brazos, y esa posición es la que resulta intolerable, y pensar que un día a un ser humano se le ocurrió inventar la crucifixión, menuda idea, el fracaso de mi padre se resume en esta constatación: su criatura es la inventora de todos estos suplicios.

Ama a tu prójimo como a ti mismo. Sublime enseñanza que estoy a punto de contradecir. Acepto esta ejecución monstruosa, humillante, indecente, interminable: el que acepta algo así no se ama a sí mismo.

Podría refugiarme en el error paterno. En

efecto, su proyecto era la expresión de una simple chapuza. Pero yo, ¿cómo pude equivocarme tanto? ¿Por qué esperé a estar en la cruz para entenderlo? Lo sospechaba, es cierto, pero no hasta el punto de rechazarlo todo.

La excusa que me viene a la cabeza es que actué como cualquier otra persona: viví al día, sin pensar demasiado en las consecuencias. Me gusta esta versión en la que solo soy un hombre, ¡y cómo disfruté siéndolo!

Por desgracia, no puedo engañarme a mí mismo, hay algo peor que la sumisión al padre, algo peor que todo eso. La amistad que hace poco me concedí a mí mismo me llega demasiado tarde. Si he aceptado lo innombrable, no es solo en virtud de una inconsciencia que podría eximirme, sino también porque dentro de mí está el veneno común: el odio hacia uno mismo.

¿Cómo he podido contagiarme? Intento remontar el curso de mi memoria. Desde el momento en que supe a qué me iba a dedicar, empecé a odiarme a mí mismo. Pero me acuerdo de los recuerdos de antes de los recuerdos, de los retazos en los que nunca decía *yo*, en los que la consciencia nunca me influía, y en los que no me odiaba a mí mismo.

Nací inocente pero, no sé cómo, algo se torció. No acuso a nadie más que a mí mismo. Extraña falta la que se comete con tres años de edad. El absurdo añadido es que acusarse de ello aumenta el odio hacia uno mismo. La creación tiene un defecto de forma.

Y ahora, como todo el mundo, hago responsable a mi padre de mi fracaso. Eso me molesta. ¡Maldito sea el sufrimiento! Si no existiera, ¿seguiríamos buscando un culpable?

Como el obrero de la viña del Señor, intento finalmente convertirme en mi amigo. Antes tengo que perdonarme por haberme equivocado tanto. Lo más difícil es convencerme de mi ignorancia. ¿De verdad no lo sabía?

Una voz interior me asegura que sí lo sabía. Entonces, ¿cómo pude hacerlo? Odiarse uno mismo es horrible, pero yo que predicaba «Ama a tu prójimo como a ti mismo» estoy obligado a admitir la lógica: ¿cómo he podido odiar a los demás? ¿Y odiarlos tanto?

¿Solo era obra del diablo, entonces, esta comedia atroz?

Oh, este personaje ya me tiene harto. Cuando algo sale mal, siempre se le invoca. Así cualquiera. Estando donde estoy, puedo permitirme todas las blasfemias: no creo en el diablo. Creer en él no sirve de nada. Ya hay suficiente mal en el planeta, no es necesario añadir otra capa.

La gente que asiste a mi suplicio son en su mayoría lo que hemos dado en llamar buenas personas, y lo digo sin ironía. Les miro a los ojos y veo en ellos el suficiente mal para fundar no solo mi desgracia sino también todas las desgracias pasadas y las que están por venir. Incluso lo detecto en la mirada de Magdalena. Y en la mía. No conozco mi mirada, pero sí sé lo que hay dentro de mí: he aceptado mi destino, no necesito ninguna otra señal.

No conformarse con esta explicación y llamar diablo a lo que solo es una vileza latente es disfrazar la mezquindad con una palabra grandilocuente y, en consecuencia, atribuirle un poder mil veces mayor. En el futuro una mujer genial dirá: «Tengo más miedo de los que tienen miedo del diablo que del diablo mismo.» No hace falta decir nada más.

Algunos dirán que si se bautiza el bien con el nombre de Dios, es inevitable que también se bautice el mal. ¿De dónde han sacado que Dios sea el bien? ¿Acaso doy yo esa impresión? ¿Acaso mi padre, que imaginó todo lo que yo he aceptado, resulta creíble en ese papel? Él, además, no lo reivindica. Él se considera el amor. El amor no es el bien. Hay una intersección entre los dos, y no siempre.

¿Y es, de hecho, lo que proclama ser? A veces resulta muy difícil diferenciar la fuerza del amor de las corrientes que la rodean. Es por amor a su creación por lo que mi padre me ha entregado. A ver a quién se le ocurre un acto de amor más perverso que ese.

No me declaro inocente. Con treinta y tres años he tenido tiempo más que suficiente para reflexionar sobre el lado infame de esta historia. No hay un único modo de justificarlo. La leyenda asegura que expío los pecados de toda la humanidad que me ha precedido. De ser eso verdad, ¿en qué se convierten los pecados de la humanidad que está por venir? No puedo aducir ignorancia porque sé lo que va a ocurrir. Y aunque no lo supiese, ¿qué clase de imbécil sería si tuviera alguna duda?

Por otro lado, ¿por qué habría de creer que mi suplicio va a expiar nada? Lo infinito de mi sufrimiento no borra en nada el de los desgraciados que lo han experimentado antes que yo. La misma idea de una expiación resulta repugnante por su sadismo absurdo.

Si fuera masoquista, me perdonaría a mí mismo. No lo soy: no hay ningún rastro de voluptuosidad en el horror que experimento. Sin embargo, tengo que perdonarme. En la maraña de palabras que no dejo de descargar, la única que puede salvarme es «perdón». Estoy ofreciendo un sorprendente contraejemplo de ello. Perdonar no exige ninguna contrapartida, solo se trata de experimentar un impulso del corazón. ¿Cómo explicarlo justo cuando me estoy sacrificando? Imaginad a un ser que, con la intención de convencer a los demás de que se hagan vegetarianos, sacrificara un cordero: se reirían en su cara.

Pues yo estoy justo en esa situación. Ama a tu prójimo como a ti mismo, no le inflijas lo que tú no podrías soportar, si se ha portado mal contigo, no exijas que le castiguen, pasa página con generosidad. Ilustración: me odio hasta el punto de infligirme esta atrocidad, mi castigo es el precio que tengo que pagar por los errores que habéis cometido vosotros.

¿Cómo he podido llegar a esto? Lentamente me viene a la mente que esta acumulación de pretensiones constituye el colmo del argumento *a fortiori:* si, en el grado de culpabilidad en el que me encuentro, logro perdonarme a mí mismo, entonces todo se cumpliría.

¿Soy capaz de hacerlo?

Existen mil maneras de considerar mi acto. Imposible determinar cuál es la más abominable. Tomemos la que acabará siendo oficial: me sacrifico por el bien de todos. ¡Qué asco! Un padre moribundo llama a sus hijos a su lecho de muerte y les dice:

—Queridos míos, he tenido una vida de perro, no me he concedido ningún placer, he ejercido un oficio detestable, no he gastado ni un céntimo, y todo eso lo he hecho por vosotros, para que tengáis una buena herencia.

Los que a semejante idea le llaman amor son unos monstruos. Yo he proferido estas palabras. Así, he oficializado que había que comportarse de este modo.

Pensemos en mi madre. Lo repito, es mucho mejor persona que yo. Es tan buena que no está aquí: sabe que su presencia aumentaría mi dolor. Sin embargo, no ignora lo que me está pasando. Lo que ella sufre es infinitamente peor que lo que yo estoy sufriendo, con la enorme diferencia de que ella no lo ha ni elegido ni aceptado. Soy yo quien inflige este dolor a su madre.

Magdalena: ella y yo estamos juntos. Estoy tan enamorado de ella como lo está ella de mí. Invirtamos la situación presente: yo estoy en su lugar, asisto a la crucifixión de Magdalena sabiendo que ella lo ha querido así.

—Vivía un amor apasionado contigo y, sin embargo, he elegido un suplicio público. Pero hay una buena noticia, mi amor: puedes venir a verme.

Puedo seguir así indefinidamente. Entre los que tengo delante, veo a niños. Antes de la pubertad, somos distintos, no inocentes, porque somos capaces de hacer daño, pero no tenemos filtro, estamos al mismo nivel que todo lo demás. En este instante, seres así de influenciables se van a dejar impregnar por una abyección como esta.

¿Soy capaz de perdonármelo?

Empleo el *lo* a propósito. Me niego a usar fórmulas más elegantes. Lo que yo estoy viviendo es repulsivo y grosero. ¡Si por lo menos pudiera confiar en la rápida capacidad de los pueblos para olvidar! Lo que más me desanima es que se hablará de ello por los siglos de los siglos, y no para desprestigiar mi destino. Ningún sufrimiento humano será objeto de una glorificación tan grande. Me darán las gracias por ello. Me admirarán por ello. Creerán en mí por ello.

Y es precisamente por eso por lo que no consigo perdonarme. Soy el responsable del mayor despropósito de la historia, y del más dañino.

No puedo alegar la sumisión a mi padre. A sus ojos, he acumulado muchas desobediencias. Empezando por Magdalena: no tenía derecho ni a la sexualidad ni a estar enamorado. Con Magdalena, no dudé en hacer caso omiso de las normas. Y no fui castigado.

Pero no, veamos. Resulta de una comicidad imbécil pensar que me he beneficiado de la impunidad de mi padre desafiando prohibiciones con Magdalena. En realidad, estaba castigado de antemano.

O quizá mi error haya sido creerlo. Creí tanto que iba a ser condenado que no imaginé otra posibilidad.

Aunque sea demasiado tarde, imaginemos.

En el Jardín de los Olivos, Magdalena habría acudido a reunirse conmigo. Tras unos cuantos besos, me habría convencido de que optara por seguir vivo. Nos habríamos fugado juntos, habríamos ido a vivir a una tierra lejana, ajena a mi reputación, y habríamos llevado la maravillosa existencia de la gente corriente. Cada noche, me habría dormido abrazando a mi mujer; cada mañana, me habría despertado a su lado. No existe felicidad que pueda igualar esta hipótesis.

Lo que no funciona en esta versión es que hago que mi elección dependa de Magdalena. ¿Qué me impedía tener esta idea yo solito? Solo tendría que haber ido a su encuentro y ofrecerle mi mano. Me habría acompañado sin dudarlo.

Ni siquiera se me pasó por la cabeza.

Milagros sí he hecho. Ahora ya no podría. Sufro demasiado para llegar a la corteza. El poder de la corteza solo lo obtenía gracias a una inconsciencia absoluta. Ahora la desmesura de mi dolor me entorpece el camino. Si pudiera realizar un último milagro, juro que me libraría de esta cruz.

Eh, visionario, ¿vas a dejar de hacerte daño de una vez? Sí, es a mí a quien le hablo así.

Tengo que perdonarme a mí mismo. ¿Por qué no lo consigo?

Porque pienso en ello. Y cuanto más pienso, menos me perdono.

Reflexionar me impide perdonarme.

Debo perdonarme sin reflexionar. Eso solo depende de mi decisión, no del horror de mi acto. Tengo que decidir que lo hecho, hecho está.

Tenía diez años, jugaba con otros niños del pueblo, nos tirábamos al lago desde lo alto de un montículo, y yo no me atrevía. Un chaval me dijo:

—Hay que saltar sin pensarlo.

Conseguí ese vacío en mi cabeza y salté. Tardé mucho en encontrarme dentro del agua. Me encantó esa exaltación.

Tengo que conseguir ese vacío dentro de mi cabeza. Crear la nada desde la que nace el estruendo. Lo que pomposamente llamamos «pensamiento» solo es un acúfeno.

Estoy en ello.

Me perdono.

Está hecho. Es un verbo performativo. Basta con decirlo –como debe ser dicho, en el sentido absoluto del verbo– para que se haga realidad.

Acabo de salvarme y, por tanto, acabo de salvar todo lo que existe. ¿Lo sabe mi padre? Seguramente no. No tiene ningún sentido de la improvisación. No es culpa suya: para poder improvisar, hace falta un cuerpo.

Yo todavía tengo uno. Nunca me sentí tan encarnado como ahora: el sufrimiento me mantiene clavado a mi cuerpo. La idea de separarme de él me inspira sentimientos encontrados. Pese a la inmensidad de mi dolor, me acuerdo de hasta qué punto estoy en deuda con esta encarnación.

Por lo menos he dejado de torturarme dentro de mi cabeza. Sumergirme en la mirada de Magdalena me produce un alivio considerable: ella piensa que ya está ganado. Asiente.

¿Cuánto tiempo llevo sobre esta cruz?

Los labios de Magdalena esbozan unas palabras que no puedo oír. Al ir dirigidas a mí, puedo ver cómo la dorada trayectoria de sus palabras me alcanza. El crepitar de chispas se prolonga más que su frase, siento su impacto en todo el pecho.

Fascinado, hago lo mismo que ella. Pronuncio palabras inaudibles dirigidas a ella y veo cómo salen de mí bajo la forma de un haz dorado y sé que ella las asimila.

Los demás siguen manteniendo su expresión compasiva. No lo han entendido. Hay que reconocer que la esencia de mi victoria es sutil.

Todavía no estoy muerto. ¿Cómo aguantar hasta el final? Por extraño que parezca, siento que podría venirme abajo, lo que significa que todavía no ha pasado.

Con el fin de evitar hundirme, recurro al método de toda la vida: el orgullo. ¿Pecado de orgullo? Es posible. A estas alturas, ese pecado me parece tan ridículo que me lo perdono de antemano.

Orgullo, sí; en estos momentos estoy en un lugar que obsesionará a la humanidad durante milenios. Que todo sea un malentendido no cambia nada.

Y solo a una única persona se le concederá este puesto de observación, no porque sea el último crucificado de la especie —sería demasiado bonito—, sino porque ninguna otra crucifixión tendrá tanta repercusión. Mi padre me eligió para este papel. Es un error, una monstruosidad, pero seguirá siendo una de las historias más conmovedoras de todos los tiempos. La llamarán la Pasión de Cristo.

Nombre sensato: una pasión designa lo que uno experimenta y, por pura coherencia semántica, un exceso de sentimiento en el que no interviene la razón.

Mi padre no se equivocó al asignarme este papel. Soy el indicado. Me he comportado con la suficiente ceguera como para equivocarme tanto, con el suficiente amor como para perdonarme y con el suficiente orgullo como para mantener la cabeza bien alta.

Cometí la peor de las faltas. Tendrá consecuencias incalculables. Pues aquí están: es natural que las faltas tengan consecuencias. Si yo puedo perdonarme, entonces todos aquellos que se equivoquen gravemente podrán perdonarse a sí mismos.

–Todo está cumplido.

Lo he dicho. Me doy cuenta después de haber hablado. Todo el mundo lo ha oído.

Mis palabras provocan pánico. El cielo se oscurece de repente. No doy crédito al poder de mis palabras. Me gustaría seguir hablando para provocar otros fenómenos, pero ya no me quedan fuerzas.

Lucas escribirá lo que dije: «Padre, perdónalos porque no saben lo que hacen.» Un despropósito. Al que debería perdonar es a mí: soy el más cobarde de los hombres y no es a mi padre al que he pedido perdón.

Me siento aliviado por no haberlo dicho: hubiera sido condescendiente con los demás hombres. La condescendencia es la forma de desprecio que más detesto. Y, francamente, no estoy en condiciones de despreciar a la humanidad.

Tampoco le he dicho a Juan (que, como los demás discípulos, no estaba allí): «Esta es tu madre», ni a mi madre (que tenía la bondad de no estar presente): «Madre, este es tu hijo.» Juan, te quiero mucho. Pero eso no te autoriza a decir lo primero que te pasa por la cabeza. Al mismo tiempo, no tiene demasiada importancia.

Debo dosificarme: he alcanzado el estadio en el que hablar produce por fin el efecto deseado. ¿Qué proeza lingüística deseo conseguir?

La respuesta me asalta de repente. Desde lo más profundo de mi ser surge mi deseo máximo, mi querida necesidad, mi arma secreta, mi auténtica identidad, lo que me ha hecho amar la vida, lo que todavía me la hace amar:

—Tengo sed.

Desconcertante petición. A nadie se le había ocurrido. ¿Que un hombre que sufre hasta ese punto después de horas pueda tener una necesidad tan corriente? Mi súplica les suena tan rara como si acabara de pedir un abanico.

Es la prueba de que estoy salvado: sí, en el grado de dolor que he alcanzado, todavía puedo hallar la felicidad en un sorbo de agua. Mi fe está definitivamente intacta.

De todas las palabras que he pronunciado estando en la cruz, es con mucho la más importante, de hecho es la única que cuenta. Al abandonar la infancia aprendemos a no saciar el hambre en cuanto aparece. Nadie aprende a diferir el momento de apagar la sed. Cuando surge, se la invoca como una urgencia indiscutible. Uno interrumpe su actividad, sea cual sea, y busca algo de beber.

No lo critico, beber es delicioso. Sin embargo lamento que nadie explore el infinito de la sed, la pureza de ese impulso, la nobleza áspera que se apodera de nosotros en el instante en que la experimentamos.

Juan 4, 14: «Mas el que bebiere agua que yo le daré, no tendrá sed jamás.» Por qué mi discípulo preferido profiere semejante despropósito. El amor de Dios es el agua que nunca sacia. Cuanta más agua bebes, más sed tienes. ¡Por fin un placer que no disminuye el deseo!

Probadlo. Sea cual sea vuestra preocupación física o mental, comparadla con una sed auténtica. Vuestra búsqueda se verá afinada, precisada, magnificada. No os estoy pidiendo que no bebáis nunca, sugiero que esperéis un poco. Hay tanto que descubrir en la sed.

Empezando por la alegría de beber, que nunca celebramos lo suficiente. Nos burlamos del comentario de Epicuro: «Un vaso de agua y me muero de placer.» ¡Qué equivocados estamos!

En verdad os digo, por más crucificado que esté, que un vaso de agua me mataría de placer. Me temo que no lo conseguiré. Ya me siento orgulloso de tener el deseo y feliz de saber que otros distintos a mí conocerán ese placer.

Evidentemente, nadie ha previsto que esto pueda ocurrir. En el Gólgota, no hay agua. Pero aunque la hubiera, no habría modo de alzarse hasta mi cabeza para llevarme el vaso a los labios.

Oigo, a los pies de la cruz, a un soldado decirle a su superior:

—Tengo agua mezclada con vinagre. ¿Le ofrezco una esponja?

El superior le autoriza, sin duda porque no calibra la importancia de mi petición. Tiemblo ante la idea de sentir por última vez esa sensación. Oigo el ruido de la esponja colmándose de líquido: ese voluptuoso sonido me hace tambalear de felicidad. El soldado planta la esponja en el extremo de su lanza y la eleva hasta mi boca.

Por agotado que esté, muerdo la esponja y sorbo su jugo. Qué bueno está. Ese sabor a vinagre, ¡qué maravilla! Chupo el sublime líquido de esa esponja tan rica, bebo, todo mi ser se sumerge en la sensación de deleite. No dejo ni una gota en la esponja.

—Tengo más —dice el soldado—. ¿Vuelvo a ofrecerle la esponja?

El superior se niega.

—Ya es suficiente.

Suficiente. ¡Qué palabra más horrible! En verdad os digo: nada es suficiente.

El superior no tiene más motivos para rechazarlo que los que tenía para permitírmelo. Mandar es una tarea oscura. Me considero feliz por haber podido beber por última vez, aunque mi sed no se haya apagado en absoluto. Lo he conseguido.

La tempestad va a estallar. La gente desea que me muera. Empieza a cansar, esa agonía que no se acaba nunca. A mí también me gustaría morirme deprisa. Pero precipitar este tránsito no figura en mi repertorio de poderes.

El cielo se desgarra, relámpagos, truenos, lluvia. La multitud se dispersa, disgustada, menos mal que era gratis, ni siquiera está muerto, no ha pasado nada.

No me quedan fuerzas para sacar la lengua y alcanzar la lluvia, pero me moja los labios y experimento la indescriptible alegría de respirar una vez más el mejor perfume del mundo, que algún día llevará el bonito nombre de petricor.

Magdalena sigue ahí, frente a mí, la muerte será perfecta, llueve y mis ojos se sumergen en la mirada de la mujer que amo.

Ha llegado el gran momento. El sufrimiento desaparece, mi corazón se destensa como una mandíbula y recibe una descarga de amor que va más allá de todo, más allá del placer, todo se abre hasta el infinito, no hay límites para este sentimiento de liberación, la flor de la muerte nunca acaba de expandir su corola.

Empieza la aventura. No digo: «Padre, ¿por qué me has abandonado?» Lo he pensado mucho antes, pero ahora no lo pienso, no pienso nada, tengo cosas mejores que hacer. Mis últimas palabras habrán sido: «Tengo sed.»

Se me concede entrar en el otro mundo sin renunciar a nada. Es una salida sin separación. No me arrancan de Magdalena. Me llevo su amor allí donde todo comienza.

Por fin mi ubicuidad tiene sentido: estoy al mismo tiempo dentro y fuera de mi cuerpo. Siento demasiado apego por él para no cederle parte de mi presencia: el exceso de dolor que he experimentado en las últimas horas no era el mejor modo de habitarlo. No lo vivo como una amputación de mi cuerpo, al contrario, tengo la impresión de recobrar algunos de sus poderes, como el acceso a la corteza.

El soldado que me ha dado de beber comprueba mi muerte. A este hombre no le falta sentido común: la diferencia no resulta flagrante. Se lo comunica a su superior, que me mira con expresión dubitativa. Este momento me divierte: si no estuviera del todo muerto, ¿cambiaría algo? Si este centurión teme un engaño, ¡es que cree en mi magia! Francamente, si ahora quisiera resucitar, no podría hacerlo por un motivo muy simple: estoy agotado. Morir cansa.

El superior le ordena al soldado que me atraviese el corazón con su lanza. Esta orden con-

mueve al desgraciado, que está empezando a to-
marme afecto: le repugna utilizar la misma lanza
que ha servido para darme de beber con la esponja para herirme.

Su superior se impacienta, exige que le obe-
dezcan inmediatamente. Hay que verificar si estoy muerto, ¡ejecución! El soldado apunta su lanza hacia mi corazón, lo evita expresamente, como
si quisiera esquivar este órgano, la clava justo debajo, no tengo las suficientes nociones de anato-
mía para precisar qué zona ha alcanzado, siento
el filo de su arma dentro mí, pero no me duele.
Fluye un líquido pero no es sangre.

Convencido, el centurión anuncia:

—¡Está muerto!

Las pocas personas que siguen en pie frente a
mí se marchan, con la cabeza gacha, a la vez de-
solados y tranquilos. La mayoría esperaba un milagro: no lo han detectado pero se ha producido.
Todo esto ha sido muy poco espectacular, una
crucifixión ordinaria, si al final no se hubiera
desatado una tempestad habría dado la impresión de que al eterno le importaba un bledo.

Magdalena corre a avisar a mi madre:

—Tu hijo ha dejado de sufrir.

Se funden en un abrazo. La parte de mí que

a partir de ahora sobrevuela mi cuerpo las ve y se conmueve.

Magdalena toma la mano de mi madre y la acompaña hasta el Gólgota. El centurión le ha ordenado al soldado y a dos de sus comparsas que me bajen de la cruz, que yace en el suelo. Antes de separarme, tienen la delicadeza de quitarme los clavos de las manos y los pies con el fin de que no queden destrozados. Confieso que soy sensible a esta atención: siento afecto por mi cuerpo, no me gustaría que lo maltrataran más.

Mi madre pide que le entreguen mi cadáver y nadie le discute su derecho. Desde el momento en que los romanos ya no ponen en duda mi muerte, es increíble lo amables que son. ¡Quién diría que son los mismos que llevan maltratándome desde la mañana! Parecen sinceramente conmovidos por esa mujer que ha venido a reclamar el cadáver de su hijo.

Me gusta este momento. El abrazo materno es de una extrema dulzura, es un último encuentro, siento la caricia y el amor, las madres cuyos hijos mueren necesitan el cuerpo del desaparecido, precisamente para que deje de estar desaparecido.

En la misma medida en que había detestado

reencontrar a mi madre tras la primera caída bajo el peso de la cruz, me gusta estar por última vez entre sus brazos. No llora, cualquiera diría que puede sentir mi bienestar, me dice palabras adorables, pequeño mío, mi pajarillo, mi corderito, me besa la frente y las mejillas, me estremezco de emoción y, curiosamente, no dudo de que ella lo percibe. No parece triste, al contrario. Lo que denominan mi muerte la ha rejuvenecido treinta y tres años, qué guapa está, ¡la adolescente de mi madre!

¡Mamá, qué privilegio ser tu hijo! Una madre que tiene el talento de hacerle sentir a su hijo cuánto le quiere es la gracia absoluta. Recibo esta embriaguez, menos universal de lo que se piensa. Estoy extasiado de placer.

¡Curiosa condición la de mi cuerpo, insensible al sufrimiento pero no a la alegría! Ni siquiera sé si puedo recurrir al poder de la corteza, es como si el milagro surgiera espontáneamente, mi piel vive y tiembla de felicidad y mi madre recoge entre sus brazos ese estremecimiento.

El descenso de la cruz es una escena que provocará un gran número de representaciones artísticas: la mayoría dan fe de esta ambigüedad. María tiene casi siempre la expresión de darse cuenta de una anomalía que se calla. En cuanto a mi desvanecimiento, aparece siempre.

Está bien visto: incluso los pintores menos místicos sospechan que mi muerte es una recompensa. Es mi reposo del guerrero. Exista o no un más allá para el alma, ¿cómo no suspirar de alivio por ese desgraciado cuyo suplicio ha terminado?

A mí, que puedo acceder a las obras de arte del mundo entero y de los siglos de los siglos, me gusta contemplar los descensos de la cruz. Nunca les echo ni siquiera un vistazo a las escenas que me representan crucificado: nada que me recuerde el suplicio. Pero me conmueven mucho las estatuas y los cuadros en los que veo mi cadáver en brazos de mi madre. Me impacta la precisión de la mirada de los artistas.

Algunos, y no los menos, han percibido cómo mi madre rejuvenecía. Ningún texto lo menciona, probablemente porque se supone que no es importante. La *mater dolorosa* tiene otros asuntos de los que ocuparse.

En general, es el difunto el que parece haber rejuvenecido sobre su lecho de muerte. No es este mi caso. En efecto, después de una crucifixión, envejeces de golpe. Todo ocurre como si fuera mi madre la beneficiaria de la famosa bocanada de juventud *post mortem*. Me gusta ese modo en el que quedan vinculados nuestros cuerpos.

En la *Pietà* de la entrada de la basílica de San Pedro, parece que María tenga dieciséis años. Yo podría ser su padre. La relación se invierte hasta tal extremo que mi madre se convierte en mi huérfana.

Sea como sea, las representaciones de la *mater dolorosa* siempre son un himno al amor. La madre recibe el cuerpo de su hijo con la embriaguez extrema de saber que es la última vez.

Podría recogerse sobre su tumba cada día, sabe que nada alcanza el valor de un abrazo: sí, aunque sea con un cuerpo muerto, todo el amor del mundo nunca se expresa mejor que a través de un abrazo.

Estoy aquí. Nunca he dejado de estar aquí. De un modo distinto, es cierto, pero aquí estoy.

No hace falta creer en algo para indagar sobre el misterio de la presencia. Se trata de una experiencia habitual. ¿Cuántas veces estamos en un lugar sin estar realmente presentes? No siempre sabemos a qué se debe.

«Concéntrate», piensas. Esto significa «reúne tu presencia». Cuando hablamos de un alumno distraído estamos evocando el fenómeno de una presencia que se dispersa. Para eso es suficiente estar distraído.

La distracción nunca ha sido mi fuerte. Ser Jesús quizá sea eso: alguien que está presente de verdad.

Me resulta difícil comparar. En eso soy igual que los demás, solo puedo acceder a mi propia experiencia. Mi llamada omnisciencia me deja en la más vasta de las ignorancias.

Ahí están los hechos: alguien presente de verdad no es fácil de encontrar. De mi triple apuesta ganadora —el amor, la sed, la muerte— también aprendo tres maneras de estar espectacularmente presente.

Cuando te enamoras te haces presente hasta extremos descomunales. Posteriormente no es el amor lo que se disipa sino la presencia. Si quieres amar igual que el primer día, lo que tienes que cultivar es tu presencia.

El sediento alcanza tal nivel de presencia que resulta incómodo. No es necesario añadir nada más al respecto.

Morir es el acto de presencia por excelencia. No puedo creer que tantas personas deseen morirse mientras duermen. Su error es tanto más grave por cuanto morir durmiendo tampoco te garantiza que no te des cuenta. ¿Y por qué quieren no darse cuenta en el momento más interesante de su existencia? Por suerte, nadie se muere sin darse cuenta, por la simple razón de que es imposible. En el momento del tránsito incluso el más distraído siente la repentina llamada del presente.

¿Y después? Nadie lo sabe.

Siento que he alcanzado ese punto. Habrá quien afirme que se trata de una ilusión de la consciencia. Sin embargo, todos hemos observado la extrema presencia de los muertos. Poco importan las creencias. Cuando alguien muere, es increíble lo mucho que pensamos en él. De hecho, para muchas personas es directamente el único momento en el que pensamos en él.

Después, eso tiende a difuminarse. O no. Hay reapariciones extraordinarias. Individuos en los que te pones a pensar diez años, cien años, mil años después de su muerte. ¿Acaso puede negarse que eso implica cierto grado de presencia?

Lo que nos gustaría saber es si esa presencia es consciente. ¿Sabe el muerto que está ahí? Quiero pensar que sí, pero, como estoy muerto, me dirán que arrimo el ascua a mi sardina. Y hay que admitir que no soy un muerto cualquiera.

Eso, de nuevo, tampoco lo sé. Nunca he sido un muerto distinto a mí mismo. Quizá todos los muertos se sienten tan presentes como me siento yo.

Lo que desaparece cuando te mueres es el tiempo. Curiosamente, necesitas tiempo para percibirlo. La música se convierte en lo único que permite tener una vaga noción: sin sus secuencias, el muerto no comprendería ya nada de lo que pasa.

Tras la interpretación de varios cánticos, me introdujeron en el sepulcro. A mucha gente le aterroriza más su entierro que la muerte: es un terror que no tiene nada de absurdo. Morir, ¿por qué no? Estar encerrado en una tumba, eventualmente con otros cadáveres, ¡qué pesadilla! La incineración, que tranquiliza a algunas personas, asusta a otras. Es un temor defendible. Está claro que los que gritan alto y fuerte: «Haced con mi cuerpo lo que queráis, ¡me da igual! Estaré muerto, me da lo mismo» no lo han pensado demasiado. ¿Tan poco respeto les inspira ese pedazo de materia que les ha permitido conocer la vida durante tantos años?

No puedo sugerir nada al respecto; solo que es necesario que exista un ritual. Y lo bueno es que siempre lo hay. En mi caso, ha sido ejecutado por la vía rápida, lo cual resulta normal cuando se trata de un condenado. Nunca se ha visto que una ejecución vaya seguida por un funeral de Estado.

Mi cuerpo fue envuelto, con gestos de gran dulzura, en un sudario, y depositado en un hueco de la cripta, una especie de litera. La gente se despidió de mí y sellaron el sepulcro.

Entonces experimenté ese momento de puro vértigo: que te dejen a solas con tu propia muerte. La cosa podría haberse puesto muy fea. ¿Fue porque soy Jesús por lo que fue tan maravillosa? Espero que no. Me gustaría que fuera así para la mayoría de los muertos. En el mismo momento en que todo terminó empezó la fiesta. Mi corazón explotó de alegría. Una sinfonía de regocijo resonó dentro de mí. Me quedé acostado para explorar esa alegría hasta el instante en que ya no pude más. Me levanté y me puse a bailar.

Las músicas más grandiosas del presente, del pasado y del futuro se desataron dentro de mí y alcancé el infinito. En general, se necesita tiempo para comprender la belleza de una melodía y exaltarse por ello. En esa ocasión, me fue concedido encontrar lo sublime a la primera. No todas esas músicas eran humanas, pero muchas sí: también provenían de planetas, de elementos y de animales y de otros orígenes no siempre identificables.

Esta alegría también tenía un aspecto mecánico: en nuestros estados de ánimo, los altos tienen tendencia a suceder a los bajos. Pero me conmovió constatar que ese principio de compensación también funcionaba después de la muerte.

Cuando la cripta ya no fue suficiente para contener mi exultación, salí. Se ha especulado mucho sobre qué magia utilicé para hacerlo. Me resultó tan natural que no puedo responder. Me encantó encontrarme de nuevo en el exterior. El silencio que siguió a la música fue una delicia que aprecié hasta lo más profundo de mi ser.

Soplaba el viento y lo respiré a pleno pulmón. No me preguntéis cómo puede hacerlo un muerto. Los amputados conservan la sensación del miembro perdido, supongo que esa es la explicación. En ningún momento dejé de experimentar lo que merecía la pena.

Empecé mi vida eterna. La expresión consagrada todavía no significa nada para mí: la palabra «eternidad» solo tiene sentido para los mortales.

Existen varias versiones sobre lo que ocurrió a continuación. Esta es la mía: de tanto pasear por donde me apetecía, conocí a gente que me gustaba. ¿Existe algo más natural? No tenía ningún deseo de ir a lugares que me disgustaban, ni de visitar a personas desagradables.

¿Cómo explicar que me vieran y me oyeran? No lo sé. No resulta banal, pero tampoco es algo insólito. Ha habido otros casos, en la historia, de muertos a los que han visto y oído, y más cosas aún. Ha habido casos famosos y otros desconocidos. Si hubiera que hacer un censo de todos los contactos perturbadores con difuntos, podrían llenarse listines enteros.

Insto a todos a dejar su testimonio, toda persona que ha perdido a un ser querido ha experimentado un instante inexplicable. Algunos incluso han vivido epifanías con seres a los que nunca conocieron. En realidad, no existen límites para lo que llamamos vivir.

Eso no impide ni impedirá que una importante proporción de personas afirme que no hay nada después de la muerte. Es una convicción que no me resulta chocante, si no fuera por su aspecto perentorio y sobre todo por la inteligencia superior de la que se vanaglorian quienes la defienden. ¿Cómo sorprenderse de ello? Sentirse más inteligente que los demás siempre es señal de una deficiencia.

En realidad os digo: no soy más inteligente que los demás. Y ni siquiera se me ocurriría qué interés podría tener pretenderlo. No tengo fantasía de igualdad ni tampoco fantasía de superioridad, ambas causas me parecen estériles, no se puede medir la calidad de un ser. Y más teniendo en cuenta que no existen las voces activa o pasiva para lo que se considera que fue mi último milagro: ¿resucité o fui resucitado? Si analizo lo que me atravesó, diría que fui resucitado. Me pasó. ¿El tercer día? No sentí nada que me lo hiciese pensar. Cuando pasé del estado vivo al estado muerto, experimenté un significativo cambio de percepción, particularmente en lo que concierne la duración. Desde mi tránsito, ¿mi destino ha diferido de la norma común? No hay modo de saberlo, pero intuyo que no he sido el único en haberlo experimentado así.

Uno de los más grandes escritores dirá que el sentimiento amoroso desaparece con la muerte para transformarse en amor universal. Quise comprobarlo volviendo a ver a Magdalena. Antes siquiera de que pudiera percatarse de mi presencia, me conmovió volver a verla. El recuerdo de mi cuerpo la tomó entre sus brazos, ella me abrazó con frenesí, nada alteraba nuestro fervor.

El mismo escritor aborda esta cuestión en una narración titulada *El final de los celos*. El narrador, enfermizamente celoso, se cura de esta enfermedad en el momento de su muerte, y deja de estar enamorado en el acto. Este escritor tiene una concepción muy especial de los celos: para él, constituyen la casi totalidad del amor.

Como yo también he sido un hombre ordinario, me acordé de cuando, estando vivo, la mera idea de Magdalena con otro me resultaba desagradable. Ahora, en cambio, debo admitir que esta perspectiva me resulta indiferente. Así pues, el escritor tenía razón: después de la muerte los celos no dejan huella. Pero se equivoca, por lo menos en lo que a mí respecta: los celos y el estado amoroso no se solapan del todo.

Si tanto me he manifestado acerca de aquellos a quienes amo ha sido más para honrar el mensaje de mi padre que por una necesidad profunda. Esta debe ser otra diferencia notable respecto de la condición de vivo: el amor ya no engendra la misma necesidad de contacto. Sobre todo si la causa de la separación no ha sido un malentendido o una crisis. No dudo del amor de Magdalena, y sé que ella tampoco duda del mío: ¿para qué multiplicar los encuentros? Lo que es verdad para ella lo es *a fortiori* para los demás.

No se trata de frialdad. Se trata de confianza. Por supuesto que me conmovió reencontrarme con algunos de mis discípulos y amigos. Su alegría al verme en tan buena forma repercutió en mí. ¿Hay algo más natural? Sin embargo, viviendo esos momentos festivos, tenía prisa por que se acabaran. Ese exceso de tensión era algo engorroso. Me apetecía paz. Sentía que mis amigos estaban muy necesitados e intentaba corresponderles. Lo hacía por ellos, no por mí.

Si le reprocháis a vuestro ser querido desaparecido que no se manifieste, no olvidéis que sois vosotros los que le necesitáis y no al revés. Cuando amamos realmente a alguien, ¿le exigimos que se sacrifique por nosotros? La prueba más hermosa de amor que se puede ofrecer al ser amado, ¿acaso no es permitirle entregarse a una egoísta tranquilidad? Eso exige menos esfuerzos de lo que se cree, solo hay que tener confianza.

En verdad, si vuestro difunto querido se calla, alegraos. Significa que ha muerto de la mejor manera. Significa que vive bien su muerte. No deduzcáis que no os ama. Os ama del modo más maravilloso: no obligándose a sí mismo a hacer por vosotros una contorsión desagradable.

Estar muerto es agradable. Regresar a vosotros es un fastidio. Imagináoslo: en invierno, estáis tumbados bajo la manta, deleitándoos en el reposo y el calor. Aunque queráis a vuestros amigos, ¿de verdad tenéis ganas de salir al frío para decírselo? Y si el amigo sois vosotros, ¿de verdad queréis obligar a quien echáis de menos a enfrentarse a las incomodidades del frío?

Si amáis a vuestros muertos, confiad en ellos hasta el punto de amar su silencio.

Respecto a mí, se ha hablado de abnegación. Instintivamente, no me gusta. Mi sacrificio ya era un error en sí mismo: ¿de verdad es necesario atribuirme la virtud cardinal que lo provoca?

No veo en mí ni rastro de esa disposición. Los seres tocados por la abnegación dicen, con un orgullo que me parece fuera de lugar: «Oh, no, mi caso no tiene importancia, yo no soy nadie.»

O bien mienten, ¿y por qué una mentira tan absurda? O bien dicen la verdad, y resulta indigno. Querer no contar es una muestra de humildad fuera de lugar, de cobardía.

Todo el mundo cuenta en una proporción tan inmensa que resulta incalculable. No hay nada más importante que lo que pasa por infinitesimal.

La abnegación implica desinterés. No soy desinteresado ya que soy una palanca. Aspiro al contagio. Muerto o vivo, cada uno tiene el poder de convertirse en palanca. No existe un poder mayor.

El infierno no existe. Si hay condenados, es porque hay gente que ve problemas en todas partes. Todos hemos conocido por lo menos a uno: el ser perpetuamente contrariado, el insatisfecho crónico, el que, invitado a un banquete suntuoso, solo se fijará en qué alimentos faltan. ¿Por qué iban a verse privados de su pasión por la queja en el momento de morir? Están en su perfecto derecho de echar a perder su muerte.

Los difuntos también tienen la posibilidad de conocerse entre sí. Yo observo que casi siempre se abstienen de hacerlo. Por intensa que haya sido su amistad o sus amores, cuando están muertos ya no tienen mucho que contarse. No sé por qué evoco este fenómeno en tercera persona, ya que, en fin, también vale para mí.

No se trata de indiferencia sino de otra manera de amar. Es como si los muertos se hubieran convertido en lectores: la relación que establecen con el universo se parece a la lectura. Se trata de una atención tranquila, paciente, una descodificación reflexiva. Y eso exige soledad: una soledad propicia al fulgor. En general, los muertos son menos tontos que los vivos.

¿Cuál es esa lectura que nos entretiene una vez que hemos fallecido? El libro se constituye en función de nuestro deseo, es él el que suscita el texto. Estamos en la privilegiada situación de ser al mismo tiempo autor y lector: un escritor que crearía para su propio hechizo. Sin bolígrafo ni teclado porque escribe sobre el tejido de su placer.

Si no buscamos los encuentros es porque nos recuerdan nuestra individualidad de cuando vivíamos, que ya no nos importa. Al encontrarme, Judas me llamó por mi nombre, lo cual me sorprendió.

—¿Habías olvidado que te llamabas Jesús?

—Olvidar no es la palabra. No es algo que me obsesione, nada más.

—No sabes la suerte que tienes. Yo solo pienso en una cosa: que te he traicionado. Soy el malo de tu historia.

—Si te disgusta, piensa en otra cosa.

—¿Y en qué otra cosa podría pensar?

—¿No existe ningún lugar satisfactorio dentro de tu cabeza?

—No entiendo la pregunta. Soy el que ha traicionado a Cristo. ¿Cómo quieres que eso no me obsesione?

–Si es lo que deseas, puedes seguir pensando en ello por los siglos de los siglos.

–¡Lo ves! ¡Me animas a tener remordimientos!

No era eso lo que yo había dicho. Sentí una extraña sensación al darme cuenta de que los malentendidos sobrevivían a mi muerte.

¿Qué me queda de haber sido un ser vivo llamado Jesús?

En su lecho de muerte, los moribundos suelen decir: «Si pudiera volver atrás...», y entonces detallan lo que volverían a hacer o lo que cambiarían. Eso demuestra que todavía están vivos. Cuando estás muerto, no sientes ni aprobación ni arrepentimiento en relación con esas acciones o esas omisiones. Ves tu vida como una obra de arte.

En el museo, frente a una tela ejecutada por un maestro, nadie piensa: «Si yo fuera Tintoretto, quizá lo habría hecho de otro modo.» Uno contempla y levanta acta. Suponiendo que alguna vez hayamos sido ese famoso Tintoretto, no juzgamos, sino que admitimos, «me reconozco en esta pincelada». No nos preguntamos si eso tenía que ver con el bien o el mal, y jamás se nos pasa por la cabeza la idea de que podríamos haber actuado de otro modo.

Incluso en el caso de Judas. Sobre todo en el caso de Judas.

Nunca pienso en la crucifixión. No era yo.

Contemplo lo que me gustó, lo que me gusta. Mi triple apuesta ganadora sigue funcionando. Morir ya no es una posibilidad, pero merecía la pena. Morir es mejor que la muerte, igual que amar es mucho mejor que el amor.

La gran diferencia entre mi padre y yo es que él es amor mientras que yo amo. Dios dice que el amor es para todo el mundo. Yo, que amo, me doy perfecta cuenta de que es imposible amar igual a todo el mundo. Es una cuestión de aliento.

En francés, esta palabra es demasiado fácil. En griego antiguo, soplo se traduce por *pneuma:* todo un hallazgo para expresar que respirar no es algo que deba darse por sentado. El francés, la lengua del humor, solo conservará, en la vida corriente, la palabra «neumático».

Cuando te enfrentas a alguien al que no vas a poder amar demasiado, se dice que no lo puedes sentir.* Esta impresión olfativa no impide que puedas respirar en presencia del ser inoportuno.

El flechazo es justo lo contrario: primero sientes que se te corta la respiración, y luego respiras hasta lo más profundo. Sientes la necesidad de-

* *Sentir* tiene, en francés, un doble sentido que incluye la idea de «oler», de ahí que, en este contexto, resulte intraducible. *(N. del T.)*

sesperada de aspirar a la persona cuyo olor te trastorna.

Por muy muerto que esté, sigo sintiendo el vértigo del aliento. La ilusión interpreta su papel a la perfección.

Mi único duelo es la sed. No echo tanto de menos beber como el impulso que inspira a beber. Entre los marineros, se dice que los borrachos beben sin sed. Es un insulto que no corro el peligro de merecer.

Para experimentar la sed hay que estar vivo. Yo he vivido de un modo tan intenso que he muerto sediento.

La vida eterna quizá sea eso.

Mi padre me envió a la Tierra con el objetivo de difundir la fe. ¿La fe en qué? En él. Aunque se haya dignado incluirme en el concepto a través de la idea de la trinidad, me parece alucinante.

No tardé nada en pensarlo. Además, ¿cuántas veces he repetido, a alguien con problemas: «Tu fe te ha salvado»? ¿Podría permitirme mentirles a esos desgraciados? La verdad es que intenté colaborar con mi padre. Me di cuenta de que la palabra «fe» tenía una extraña propiedad: se convertía en sublime siempre que fuese intransitiva. El verbo creer obedece a la misma ley.

Creer en Dios, creer que Dios se hizo hombre, tener fe en la resurrección: no suena demasiado bien. Las cosas que molestan al oído son las que molestan al espíritu. Esto suena estúpido porque lo es. Como en la apuesta de Pascal, caes y te mantienes a un nivel muy bajo: creer en Dios equivale a apostarlo todo por él. El filósofo llega a explicarnos que sea cual sea el resultado de la ruleta, uno parte ganador en esa apuesta.

Y yo, de todo esto, ¿qué creo? Al principio acepté ese proyecto demencial porque creía en la posibilidad de cambiar al hombre. Ya hemos visto cómo acabó todo. Si logré influir en tres, ya me parecen muchos. Además, ¡menuda creencia más idiota! Hace falta no tener ni idea de nada para creer que se puede cambiar a alguien. La gente solo cambia si sale de ellos, y es rarísimo que lo deseen de verdad. Nueve de cada diez veces, su deseo de cambio implica a los demás. «Eso tiene que cambiar», frase que escuchamos *ad nauseam,* siempre significa que la gente debería cambiar.

¿Y yo, he cambiado? Sí, con toda seguridad. No tanto como me habría gustado. Me pueden reconocer que de verdad lo he intentado. Confieso que me irritan los que no dejan de decirte que han cambiado cuando en realidad no han tenido ni las ganas.

Tengo fe. Una fe que no tiene ningún objetivo. Eso no significa que no crea en nada. Creer solo es hermoso en el sentido absoluto del verbo. La fe es una actitud, no un contrato. No hay casillas que rellenar. Si conociéramos en qué consiste el riesgo de tener fe, el impulso no iría más allá del cálculo de probabilidades.

¿Cómo sabes que tienes fe? Es como el amor, lo sabes. No necesitas ninguna reflexión para establecerlo. En el góspel está el *«And then I saw her face, now I'm a believer»*. Es exactamente así, lo que demuestra hasta qué punto la fe y el estado amoroso se parecen: ves un rostro y de repente todo cambia. Ni siquiera has visto ese rostro, solo lo has entrevisto. Esta epifanía es suficiente.

Sé que, para muchos, ese rostro sería el mío. Estoy convencido de que eso no tiene ninguna importancia. Y sin embargo, si quiero ser honesto, y quiero serlo, eso me asombra.

Hay que aceptar este misterio: no puedes concebir lo que los demás ven en tu rostro.

Hay una contrapartida por lo menos igual de misteriosa: me miro en el espejo. Lo que veo en mi rostro nadie puede saberlo. Se llama soledad.